정사부 현대 판타지 장편 소설
Hunting Frontier
헌팅 프론티어
1
BBULMEDIA FANTASY STORY
뿔미디어

목차

Prologue

2000년 9월, 오후 2시. 미국 뉴욕.

아직 한여름의 열기가 채 사라지지 않은 도시는 여느 때와 다를 바 없는 모습이었다.

'그 일'이 벌어지기 전까지는.

저마다 바삐 움직이는 차로 위로 공간의 이지러짐이 시작되었다.

그 변화의 시작은 너무도 미약해 길을 걷는 그 누구도 쉬이 알아차리지 못했다.

하지만 다음 순간…….

콰앙―!

조금 전까지 자연스레 길을 걷던 사람들은 난데없는 굉음에 저마다 걸음을 멈춰 세웠다.

평범한 일상 속에서 그리 자주 접할 수 없는 소음은 바쁘게 돌아가서 현대를 살아가는 이들에게 큰 관심을 불러일으켰다.

자연 사람들의 고개는 굉음이 들려온 곳으로 향했다.

그리고 그곳, 사람들은 볼 수 있었다.

도로 위에 생겨난 검은 터널.

아니, 그것을 터널이라 불러야 하는지도 정확하지 않았다.

주변을 달리던 차량들도 일제히 멈춰 서서 주변 일대는 잠시 혼란에 빠졌다.

"저게 뭐지?"

차도 한복판에 생긴 생경한 모습의 검은 터널은 미지, 그 자체였다.

어디서 영화 촬영을 하는 것은 아닌지 주위를 둘러보는 이들도 있었다.

하지만 잠깐의 시간이 지나도 변화는 없었다.

사람들의 경계심이 누그러들고, 그 자리를 호기심이 채워갈 무렵, 한 남자가 나섰다.

대중의 관심을 즐기기라도 하듯 남자의 행동은 자신감이 넘쳤다.

"존, 가지 마!"

무언가 불길한 느낌을 받기라도 한 듯 남자의 애인으로 보이는 여자가 만류했지만, 남자의 행동을 막지는 못했다.

결국 남자의 손이 검은 터널에 닿고…….

아무런 일도 벌어지지 않았다.

"하하, 이게 뭐지?"

허탈한 웃음을 흘리며 남자는 여자를 돌아보았다.

멋진 모습을 보여주기 위해 일부러 당당하게 나섰는데, 그 결과가 너무나도 허무했다.

하지만 애써 그런 마음을 감추며 마치 대단한 일을 해낸 것마냥 소리를 쳤다.

"제인, 걱정 마! 아무것도 아냐!"

그 순간, 여자가 놀란 눈으로 비명을 질렀다.

"꺄악! 존, 조심해!"

난데없는 여자 친구의 경고에 남자는 잠시 당황하다가 천천히 고개를 돌렸다.

그리고 바로 그 순간, 칠흑과도 같던 터널의 어둠 속에서 커다란 팔이 튀어나왔다.

거대한 팔은 채 반응을 하기도 전에 남자의 머리를 거세게 움켜잡았다.

그러더니 그제야 상황을 파악하고 허둥대는 남자를 주저 없이 끌어당겼다.

너무나 순식간에 벌어진 일이었다.

터널 속으로 사라진 남자의 모습에 주변에 있던 이들은 그저 멍하니 바라만 보았다.

"존!"

뒤늦게 사태를 파악한 여자가 남자의 이름을 애타게 부르며 터널 앞까지 달려갔다.

"존! 존! 대답해!"

하지만 아무리 외쳐 봐도 대답은 돌아오지 않았다.

여자는 넋이 나간 듯 힘없이 그 자리에 주저앉고 말았다.

그야말로 눈 깜짝할 사이에 모든 일이 벌어졌다.

그리고…….

남자가 사라진 터널 안쪽에서 무언가 붉은 덩어리가 툭, 굴러 나왔다.

그 순간, 제인은 비명을 지르고 말았다.

"꺄악!"

붉은 덩어리의 정체는 바로 존의 머리였기 때문이다.

그 짧은 시간에 터널 안에서 무슨 일이 벌어진 것인지, 존의 잘려진 머리가 그의 죽음을 알려주었다.

남자 친구의 죽음에 제인이 공황 상태에 빠져 있는 사이, 주변에 있던 사람들이 웅성거리기 시작하였다.

여전히 경황이 없던 제인은 천천히 고개를 들었다.

그 순간, 그녀는 마치 천적을 본 개구리마냥 그 자리에 얼어붙어 버렸다.

민머리에 커다란 입, 납작하게 눌려 하늘을 향하는 들창코, 사납게 튀어나온 송곳니는 마치 인간이 아니라는 것을 알려주듯 위협적이었다.

돌출된 이마 밑에 자리한 눈은 마치 맹수인 양 노란빛을 발했다.

무엇보다 공포스러운 점은 손에 들린 몽둥이였다.

너무도 묵직해 보이는 몽둥이에는 아마도 존의 것이라 여겨지는 시뻘건 핏자국이 덕지덕지 묻어 있었다.

분명 인간의 형태를 갖추고는 있지만, 결코 사람이라 할 수 없을 만큼 거대한 덩치는 그야말로 공포스러웠다.

크으으……

잠시 주위를 둘러보던 거인은 이내 제인과 눈이 마주

쳤다.

"헙!"

마치 먹이를 발견한 듯 흉측한 입술 틈으로 걸죽한 침이
흘러내렸다.

잘린 존의 머리를 가슴에 끌어안은 제인은 너무 놀라 꼼
짝도 못한 채 자신도 모르게 소변을 지리고 말았다.

주변을 둘러싸고 있던 사람들은 안타까운 눈빛만 보낼
뿐, 아무도 나서려는 이는 없었다.

심상치 않은 분위기에 사람들 역시 알 수 없는 공포에 지
배된 것이다.

그리고 바로 그 순간.

크아악!

거인이 괴성을 지르며 제인에게 달려들었다.

이어 무자비하게 휘둘러지는 몽둥이.

퍽!

제인의 머리는 마치 썩은 감자마냥 힘없이 으깨져 버렸
다.

회색빛 뇌수와 붉은 선혈이 사방으로 튀어 도로를 물들였
다.

너무도 찰나간에 벌어진 일이라 사람들은 실감이 되질 않

았다.

잠시 동안의 정적.

곧 살인의 희열을 느낀 거인이 뇌수가 흘러내리는 몽둥이를 휘두르며 괴성을 질러 댔다.

그워억!

그제야 사람들은 깨달았다. 지금의 상황은 허상이 아닌 현실이라는 것을. 그리고 이 자리에서 빨리 벗어나야 한다는 것을.

한차례 포효를 내지른 거인은 마치 사냥감을 고르듯이 주변을 둘러보았다.

공포에 질려 도망치는 사람들과 여전히 무슨 일이 벌어진 것인지 이해하지 못하는 이들.

핏물을 뒤집어쓴 거인은 또 다른 사냥감을 찾아 묵직한 걸음을 옮겼다.

"까악!"

멍하니 있던 사람들은 온몸에 피 칠갑을 한 거인이 다가오자 그제야 확실하게 상황을 깨달았다.

이것은 결코 꿈이 아닌, 현실이라고.

마치 지옥과 이어진 듯한 터널에서는 거인의 동료로 보이는 이들이 계속해서 튀어나왔다.

하나같이 흉측한 외모인데다 저마다 손에는 몽둥이를 들고 있다.

또한 그들은 무척이나 호전적이고 적대적이었다.

목숨을 부지하기 위해 사방팔방 흩어지는 사람들.

하지만 굳건한 다리에서 뿜어져 나오는 거인들의 주력 앞에서는 부질없는 시도일 뿐이었다.

금세 따라잡혀 버린 사람들은 그야말로 처참한 죽음을 맞이했다.

거인의 몽둥이에 맞아 온몸이 다져진 노인, 우악스런 손에 잡혀 목이 뽑혀 버린 아이, 사지가 뜯겨 바닥에서 꿈틀대는 중년 남자, 머리부터 뜯어 먹혀 하반신만 남겨진 젊은 여성…….

평범한 일상 속에서 지옥이 펼쳐졌다.

† † †

뉴욕 경시청 소속 폴 엘런 경사는 언제나처럼 커피와 도넛을 사기 위해 줄을 서고 있었다.

그러던 중 무언가에 쫓기듯 비명을 지르는 내달리는 사람들의 모습이 눈에 들어왔다.

도망치던 사람 중 한 명을 붙잡은 폴이 그에게 물었다.

"아니, 대체 무슨 일입니까?"

"괴물이 나타났습니다! 괴물이 사람을 죽이고 있어요!"

남자는 겁에 질려 소리치듯 대답하며 폴의 팔을 뿌리치고 달아났다.

뭔가 심상치 않은 사건이 터졌다는 것을 깨달은 폴은 급히 순찰차로 뛰어갔다.

덜컹!

"어라? 벌써 사 온 거야?"

눈을 감은 채 졸고 있던 토미 워커는 거칠게 문이 열리자 그제야 정신을 차린 듯했다.

하지만 자신을 바라보는 폴의 분위기가 심상치 않아 보이자 덩달아 긴장을 했다.

곧 그의 눈에도 다급하게 뛰어가는 사람들의 모습이 보였다.

"뭐야? 왜들 저러는 거야?"

"어떤 미친놈이 사람들을 살해하고 있나 봐!"

차에 올라타자마자 곧바로 시동을 건 폴은 사람들이 도망쳐 오는 방향으로 향했다.

그리 오래지 않아 두 사람은 현장에 도착했다.

그리고 자신들의 눈을 의심할 수밖에 없었다.

여느 때와 달리 거리는 마치 전쟁이라도 벌어진 듯 끔찍한 상태였다.

머리가 부서지거나 신체가 찢겨 나간 참혹한 시체들이 여기저기 뿌려져 거리를 피로 물들였고, 자동차들은 박살이 난 채 매캐한 연기를 뿜어내고 있었다.

주변의 건물들도 온전하지 못했다. 마치 습격이라도 받은 듯 유리창은 모조리 깨져 있고, 물건들은 엉망진창으로 쏟아져 나와 거리에 나뒹구는 상황이었다.

"이게 도대체 무슨 일이야?"

토미는 멍한 눈으로 주변을 둘러보며 중얼거렸다.

그워억!

그 순간, 두 사람의 귀에 거대한 괴성이 들려왔다.

"센트럴 파크 쪽이야! 서둘러!"

토미의 외침에 폴은 급히 핸들을 돌려 센트럴 파크로 향했다.

센트럴 파크는 평소와 다르게 음산한 분위기가 흐르고 있었다.

나무들은 군데군데 부러져 있고, 잔디는 보기 싫게 파헤

쳐져 있었다.

폴과 토미는 순찰차에서 내려 여기저기 널려 있는 파괴의 흔적들을 확인하며 조심스레 공원 안으로 들어갔다.

그렇게 얼마를 걷다 보니 피와 살점이 낭자한 살육의 현장이 보였다.

하지만 더욱 놀라운 장면은 따로 있었다.

"윽! 저… 저것……."

커다란 덩치를 가진 거인들이 옹기종기 모여 무언가를 정신없이 먹고 있었다.

마치 문명이라고는 전혀 알지 못한다는 듯 야만스럽게 두 손으로 고기를 잡아 뜯는 모습.

두 사람의 시선이 자연스레 거인의 손으로 향했다.

그리고 기함하며 표정이 급격하게 굳어졌다.

거인들의 손에 들린 것은 다름 아닌 사람의 시체였다.

아직도 핏물이 뚝뚝 떨어지고 있는 살점을 아무렇게나 물어뜯고, 개중 몇몇은 진미라도 되는 양 내장을 뽑아내 씹어 댔다.

폴과 토미는 지체 없이 총을 뽑아 들며 외쳤다.

"손들어! 움직이면 쏜다!"

두 사람의 경고에 한창 인간의 팔다리를 뜯어먹고 있던

거인들이 고개를 돌렸다.

마치 맹수 같은 샛노란 눈동자.

"헉!"

거인들과 눈이 마주친 폴과 토미를 저도 모르게 신음성을 흘렸다.

입가에 피를 묻힌 채 날카로운 송곳니를 드러낸 거인들의 모습은 꿈에서조차 보기 두려울 정도였다.

그랬기에 본능적으로 두려움을 느끼고 움츠러들 수밖에 없었다.

그워억!

하지만 거인들은 새로운 사냥감이 나타났다는 사실에 그저 기뻐하며 포효를 내지를 뿐이었다.

거인들은 이내 무서운 속도로 두 사람을 덮쳐 갔다.

위압감에 굳어 있던 폴과 토미는 갑작스런 거인들의 습격에 생각할 겨를도 없이 방아쇠를 당겼다.

탕! 탕! 탕!

하지만 총을 쏜 직후, 그들은 뭔가 잘못되었다는 것을 느꼈다.

"뭐, 뭐야!"

"저놈들 뭐야! 왜 총이 안 먹히는 거야!"

아무리 총을 쏘아도 거인들은 별다른 피해를 입지 않았다.

분명 총에 맞는 것이 눈에 보였지만 거인들은 쓰러지기는커녕 오히려 화가 난 듯 더욱 크게 괴성을 지르며 달려들었다.

그웍!

투두두둑!

거인들은 마치 유인원이 달리듯 네 발로 뛰어왔는데, 보이는 것과 다르게 그 속도가 무척이나 빨라 단숨에 거리를 좁혔다.

"토미, 안 되겠다. 지원을 요청해야겠어!"

"나도 같은 생각이야! 어서 순찰차로……."

위기를 감지한 두 사람이 몸을 채 돌리기도 전에 거인들은 벌써 지척에 다가와 있었다.

휙!

퍽!

둔탁한 소리와 함께 토미의 뺨에 미지근한 무언가가 와 닿았다.

하지만 그게 무엇인지 알아볼 여유 따윈 없었다.

코끝으로 비릿한 냄새가 느껴졌지만, 토미는 발을 멈추지 않았다.

굳이 보지 않아도 어떤 일이 벌어졌는지는 분명히 알 수 있었으니.

토미의 눈에서 눈물이 흘러나왔다.

미칠 듯이 몰려드는 공포와 동료를 잃었다는 상실감.

자신의 미래 또한 폴과 그리 다를 것이 없을 것이란 절망감이 토미의 마음을 잠식해 들어갔다.

그때, 토미의 귓가로 사나운 바람 소리가 들려왔다.

펙!

그리고 그것이 토미의 마지막 기억이었다.

†　　　　†　　　　†

뉴욕 경찰청은 지금 극심한 혼란에 빠져 있었다.

괴물들이 나타나 사람들을 학살하고 있다는 신고가 난무한 탓이었다.

처음 장난 전화라 여긴 것과 달리 시간이 흐를수록 사태는 심각해져 갔다.

결국 자초지종을 알아보기 위해 인근 순찰 차량에게 현장 출동을 지시했다.

하지만 현장으로 향하는 족족 연락이 두절되었다.

마침내 한참 후에야 겁에 질린 경관의 보고가 들어오고 나서야 사태의 심각성을 깨달을 수 있었다.

많은 인명이 살상되었다는 보고에 경찰청에서는 지체 없이 뉴욕 시장에게 알렸다.

뉴욕 시장은 테러보다 심각한 상황이라는 말을 듣고 계엄령을 선포하였다.

얼마 지나지 않아 경찰은 물론이고, 주 방위군까지 출동하여 센트럴 파크 인근을 모두 봉쇄하였다.

"충성!"

"충성! 수고가 많다."

주 방위군 소속 한스 베인 대령은 엄중한 호위 속에 센트럴 파크 비상 대책 본부로 들어섰다.

"잠시만요. 채널 Y 안나 파커 기자입니다. 현재 피해 상황은 어떻습니까?"

"대령님, 뉴욕 저널에서 나왔습니다. 괴물들을 상대할 작전은 있으십니까?"

기자들은 센트럴 파크 인근에서 벌어진 사상 초유의 사건을 취재하기 위해 앞 다투어 카메라와 마이크를 들이밀었다.

하지만 한스 베인 대령은 말없이 손을 내저어 앞을 막고 있는 기자들을 쫓아내도록 했다.

곧 헌병 완장을 찬 일단의 병사들이 나와 모여 있던 기자들을 몰아냈다.

"자, 다들 뒤로 물러서 주시기 바랍니다. 지금은 긴급 상황입니다. 자꾸 작전에 방해되는 행동을 하시면 체포될 수도 있습니다."

현재 국가 비상사태가 발령된 뉴욕 시였기에 대책 본부의 분위기는 더없이 삼엄했다.

아무리 언론의 자유가 보장되는 미국이라 해도 섣불리 나서기가 어려운 분위기였다.

몇몇 기자가 대담하게 나서려 했지만, 무섭게 노려보는 군인들의 기세에 밀려 곧 고개를 숙이며 물러났다.

아무리 취재가 중요하다지만, 지금 상황은 마치 전시를 방불케 했기에 감히 모험을 할 수가 없었다.

물론 그렇다고 기자들이 완전히 물러난 것은 아니었다.

이미 각종 방송국과 신문사들은 헬리콥터를 띄워 촬영을 하고 있었다.

눈살을 찌푸린 채 그 모습을 지켜보던 한스 베인 대령은 곧 몸을 돌려 지휘 막사로 들어갔다.

지휘 막사 안에는 이미 도착해 있던 뉴욕 경찰청을 비롯해 각종 관계 기관의 현장 책임자들이 자리해 있었다.

한스 베인 대령은 그들에게 인사를 건넨 뒤, 곧장 본론으로 들어갔다.

"이제부터 이곳은 저희 방위군이 맡겠습니다. 경찰 및 관계자분들은 치안 유지에 힘써주기 바랍니다."

하지만 일은 순조롭게 진행되지 못했다.

뉴욕 시 경찰 반장인 존 베일리가 반발하고 나선 탓이었다.

"아니요. 저희도 이대로 물러날 수는 없습니다. 이미 많은 동료 경찰관들이 놈들에게 당했습니다."

괴물 사태가 벌어지고 나서 뉴욕 경찰청은 상황을 너무 단순하게 파악했다.

중무장 병력인 SWAT를 운용하지 않고 그저 인근 순찰차에게 사태 파악을 지시한 것이다.

그런 탓에 경찰의 피해가 눈덩이처럼 불어났다.

뒤늦게 사태를 파악해 경찰 특공대를 출동시켰으나, 이미 계엄령이 내려가 진압 작전은 잠시 보류가 된 상황.

마침내 방위군의 책임자인 한스 베일 대령이 등장하자 존

베일리는 목숨을 잃은 동료 경찰들의 복수에 동참할 수 있도록 요구했다.

이대로라면 동료의 죽음을 도저히 납득할 수 없다는 이유에서였다.

하지만 한스 베일 대령의 태도는 단호했다.

"반장님의 심정은 십분 이해하지만, 제가 들은 대로라면 경찰의 참여는 더 큰 희생을 불러올 뿐입니다. 우선 경찰이 가진 화력으로는 놈들에게 피해를 입히지 못한다 들었습니다."

그 말대로였다.

현재 나타난 거인들은 경찰 개개인이 소지한 권총으로는 아무런 피해도 주지 못했다.

경찰 특공대가 보유하고 있는 중화기라면 어느 정도 타격을 입힐 수 있겠지만, 이미 방위군이 출동한 이상 그들이 나설 자리는 없었다.

"알겠습니다. 저희는 그럼 본연의 임무인 치안 유지를 위해 물러가겠습니다."

존 베일리는 자신의 손으로 동료의 복수를 하지 못하는 것이 억울했지만, 현 상황을 냉정하게 판단하여 한발 물러났다.

사실 현재 뉴욕 시가 처한 문제는 괴물의 처리만이 아니었다.

다수의 경찰들이 사망하고 혼란이 이어져 현재 뉴욕의 치안 상태는 그야말로 엉망이었다.

치안 부재를 틈타 강도나 강간과 같은 강력 범죄마저 증가하였다.

뿐만 아니라 일부 종교 단체에서는 이번 사태를 교세 확장에 이용하려 들었다.

심판의 날이 다가왔음을 주장하며 안 그래도 혼란스러운 분위기에 기름을 끼얹은 것이다.

뉴욕 시장의 계엄령이 내려졌음에도 도시의 분위기는 좀체 가라앉지가 않았다.

그런 탓에 괴물은 군에게 맡기고 경찰로서는 질서 회복의 임무가 급선무였다.

존 베일리 반장이 납득하여 물러나자 한스 베인 대령은 막사 안에 남아 있는 이들을 돌아보며 질문을 던졌다.

"거인들은 지금 어디에 있나?"

"예. 센트럴 파크 동물원 인근의 연못 근처에 있다고 합니다."

"그래? 그럼 포위망을 좀 더 좁혀서 이스트 드라이브,

센터 드라이브를 차단해 공원 북쪽으로 퍼지는 것을 막는
다. 그리고……."

한스 베인 대령은 지도를 짚어가며 남쪽 연못을 중심으로
포위망을 형성하도록 지시를 내렸다.

자칫 거인들 중 하나라도 빠져나가게 된다면 뉴욕 시민들
의 피해는 더욱 늘어날 것이다.

그러니 거인들이 한곳에 모여 있을 때, 한꺼번에 처리를
해야 했다.

"대령님, 그런데 경찰들로부터 들어온 정보에 의하면 소
화기가 제 위력을 발휘하지 못한다고 합니다."

부관인 제임스 파커 대위의 말에 한스 베인 대령은 심각
한 표정을 지었다.

"음, 나도 듣긴 했지만, 그래도 어느 정도 타격을 줄 수
는 있지 않겠나?"

사실 거인들에게 소화기가 먹히지 않는다는 것은 무척이
나 중요한 정보였다.

그런 사실을 모른 채 일반 보병만 보냈다면, 자칫 뉴욕
경찰들처럼 많은 사상자가 발생했으리라.

이미 대략적인 브리핑을 받고 온 터라 목표인 거인들에
대해서는 어느 정도 숙지한 상태였다.

짐승 같은 행태를 보이지만, 힘이 상상 외로 강력하여 인간의 육신을 종이 찢듯이 한다는 것은 알고 있었다.

하지만 문제는 그게 아니었다.

총에 맞아도 끄떡없다는 점이 한스 베인 대령의 머리를 복잡하게 만들었다.

아무리 방위군이라지만 기본 무장은 소총이었다.

결국 한스 베인 대령은 강력한 화력을 갖춘 전차 부대가 도착하기를 기다릴 수밖에 없었다.

"전차 부대 대기, 경계 태세를 유지한다!"

한스 베인 대령의 작전에 따라 투입된 전차 부대가 센트럴 파크의 남동쪽 동물원 지역을 봉쇄하기 시작했다.

전차와 장갑차를 동원해 길목을 차단하고, 점차적으로 포위망을 좁히기 시작하였다.

쿠르르릉!

끼르르륵! 끼르르륵!

전차와 장갑차들이 기동하며 발생하는 둔중한 소리가 센트럴 파크 내에 울려 퍼졌다.

뉴욕 시민들의 몸으로 배를 채운 거인들은 자꾸만 소음이 들려오자 신경이 곤두섰다.

그들은 오늘 하루 기분이 무척 좋았다.

평소에는 주변의 위협적인 존재들 때문에 제대로 사냥을 하지 못했는데, 오늘은 손쉬운 사냥감들이 주변에 널려 있었다.

개중 요란한 소리를 내며 따끔거리는 침을 쏘는 먹이도 있긴 했지만, 그리 위협적이지는 않았다.

그래서 주변 풍경이 낯설기는 하지만 이곳에 자리를 잡기로 마음먹고 쉬고 있는데 조금 전부터 귓가를 어지럽히는 것들이 나타나 휴식을 방해하고 있었다.

소리의 정체를 알 수는 없지만, 거인들은 무척이나 신경이 쓰였다.

크르르! 크르르!

크아앙!

급기야 그들은 광분하며 괴성을 질러 댔다.

몽둥이를 집어 든 거인들은 전차와 장갑차의 모습이 보이자 송곳니를 드러내며 위협적인 태도를 취했다.

한편, 포위망을 좁혀가던 방위군들은 거인들의 모습에 더욱 긴장하며 접근 속도를 줄이고 신중하게 움직였다.

"조심해라! 절대 앞서 나가지 말고 전차와 장갑차 뒤에서 놈들이 접근하지 못하도록 견제만 한다!"

"알겠습니다!"

방위군 지휘관은 부하들에게 단단히 주의를 주었다.

이미 많은 숫자의 뉴욕 시민과 경찰들이 희생되었다.

순간의 방심이 큰 피해를 불러일으킬 수도 있기에 방위군은 중화기까지 동원하면서도 절대로 방심하지 않았다.

서서히 접근하던 방위군이 이윽고 거인들과 서로 마주했다.

눈앞에서 거인들의 흉측한 몰골을 직접 보게 된 방위군 군인들은 내심 떨리는 마음을 감출 수 없었다.

사람을 압도하는 커다란 덩치는 물론이고, 민머리와 툭 튀어나온 이마는 사납고 강인한 인상을 주었다. 뿐만 아니라 날카로운 송곳니 사이로 인간의 것으로 보이는 피와 살점 부스러기가 공포를 심어주었다.

게다가 거인들이 내지르는 흉포한 괴성은 잠시지만 몸을 굳어지게 하였다. 마치 굶주린 맹수의 포효를 들은 듯이.

그리고 군인들은 똑똑히 볼 수 있었다.

분명 뉴욕 경찰들의 발버둥이었을 듯한 총탄 흔적.

하지만 거인들은 아무렇지도 않은 듯 움직이고 있어 절로 위축이 되었다.

"우리가 저것들을 잡을 수 있을까?"

누군가가 떨리는 목소리로 중얼거리자 주변에 있던 다른 병사들도 동의한다는 듯 마른침을 삼켰다.

"설마 전차와 장갑차까지 동원되었는데, 저까짓 것들이 우리의 상대가 되겠어?"

불안함을 숨기기 위해 되레 큰 소리를 치는 방위군도 있었다.

한동안 불안과 긴장감이 팽배하게 이어졌다.

그리고 이윽고 공격 명령이 떨어졌다.

"전차와 장갑차의 기관총 사수들이 먼저 공격을 개시한다. 보병들은 저것들이 접근하지 못하게 견제하라!"

"알겠습니다!"

"공격!"

명령이 떨어지기 무섭게 장갑차와 전차의 기관총에서 불꽃을 뿜어냈다.

투다다닥! 투다다닥!

타타타탕! 타타타탕!

그워억! 그워!

무수히 많은 총탄이 쏟아지자 거인들은 비명을 지르며 격렬하게 온몸을 떨었다.

뉴욕 경찰들이 총을 쏘았을 때와는 확연히 다른 반응이

었다.

거인들은 처음엔 방위군들이 쏘아 대는 총탄을 무시했다.

그전의 경험을 통해 총이라는 것이 자신들에게 그리 큰 위협이 되지 않는다고 판단했기 때문이다.

그래서 그저 맨몸으로 받아내며 방위군을 향해 달려들려 했다.

그러나 얼마 지나지 않아 그것이 얼마나 큰 실수였는지를 절감해야 했다.

전차와 장갑차에서 발사된 기관총탄은 경찰들이 쏘아대던 권총과의 위력 면에서 비교가 되지 않았다.

두터운 가죽에 막혀 힘을 쓰지 못한 권총탄과 달리 기관총 세례는 거인들의 몸을 넝마처럼 만들기에 충분했다.

겁 없이 정면으로 달려들던 거인들은 마치 꼭두각시의 춤사위처럼 팔다리를 허우적거리다 하나씩 바닥에 쓰러졌다.

사전에 기관총의 위력을 알았다면 정면으로 달려들지는 않았을 테지만, 앞선 경험의 자신감 때문에 변변히 반항 한 번 해보지 몰살을 당한 것이다.

거인들을 몰살시킨 방위군은 그제야 안도의 한숨을 내쉴 수 있었다.

그러는 한편, 조금은 허무하다는 생각도 들었다.

긴장했던 것과 다르게 거인들이 너무도 무력하게 쓰러진 탓이었다.

소탕 작전이 끝나고 현장을 둘러보던 한스 베인 대령은 답답한 한숨을 쏟아냈다.

생각보다 쉽게 작전이 끝난 것은 기쁜 일이지만, 그러기까지 피해가 너무도 컸다.

오랜 시간 뉴욕 시민의 안식처가 되어준 센트럴 파크.

아름다운 수목과 수려한 풍광의 센트럴 파크는 이제 존재하지 않았다.

잔디 곳곳이 전차의 바큇자국으로 보기 흉하게 파헤쳐지고, 화력전의 흔적으로 나무들이 불타고 황폐해졌다.

뿐만 아니라 거인과 희생된 사람들의 주검이 여기저기 널브러져 고약한 냄새마저 풍겼다.

여러 전장을 전전한 한스 베인 대령으로도 그리 경험하지 못했을 만큼 참혹한 광경이었다.

주변을 둘러보던 그는 이런 일이 한 번으로 끝날 것 같지 않다는 불길한 예감이 들었다.

한편, 백악관은 거인 사태가 종료되었다는 보고가 전해지자마자 뉴욕을 긴급 재해 구역으로 선포했다.

원인을 알 수 없는 터널의 생성과 그곳에서 튀어나온 괴물의 존재.

마치 영화에서나 나올 듯한 이야기에 사람들은 쉽사리 인정하지 못했다.

그러나 헬리콥터를 통해 거인의 모습이 송출되자 그에 관한 이야기로 인터넷이 뜨겁게 달궈졌다.

공포에 질려 도망치는 사람들과 마치 사냥을 하듯 쫓아가는 거인의 모습.

너무도 비현실적인 장면 탓에 일종의 쇼 정도라 여긴 사람들도 적지 않았다.

그러나 하루도 채 지나기 전에 사람들은 그 모든 걸 사실로 받아들일 수밖에 없었다.

정체를 알 수 없는 검은 터널이 세계 각국에 나타났기 때문이다.

그날 이후, 인류의 역사는 새로운 전환점을 맞이하게 되었다.

Chapter 1
직업 구하기

　종말론자들은 신이 인류를 심판하기 위해 게이트가 생겨
났다고 주장했다.

　이는 자신의 세력을 넓히기 위한, 그야말로 터무니없는
주장에 불과했지만, 공포에 질린 많은 이들이 그런 주장에
동조하기도 했다.

　또 다른 자들은 외계인의 소행이라 주장하기도 했다.

　이 역시 아무 근거도 없는, 허무맹랑한 주장일 뿐이었다.

　하지만 어느 누구도 게이트의 생성 원리에 대해 속 시원
히 설명하지 못했다.

　누가 무슨 목적으로 만들었는지, 혹은 어떤 이유로 게이

트가 생성되는 것인지에 대해 알지 못했다.

다만, 게이트에서 튀어나오는 생명체들이 인류에 위협적이라는 것에는 이견이 없었다.

그래서 세계 각국은 게이트 문제를 논의할 국제기구를 창설하고 민간인의 접근을 불허하였다. 자칫 인명 피해가 발생할 것을 우려해 철저하게 통제를 하겠다는 의도에서였다.

뿐만 아니라 해당 연구 기관을 만들어 게이트를 통해 나타나는 몬스터의 정체나 약점 등을 연구하였다.

아울러 게이트가 발생한 국가들은 연구 기관뿐 아니라 특수부대를 신설해 게이트에서 나오는 몬스터에 맞섰다.

최초의 게이트 생성 이후, 인류의 역사가 새로운 길로 들어서게 된 것이다.

아이러니한 점은 게이트와 몬스터의 등장이 인류에 나쁜 영향만 준 것은 아니라는 점이었다.

우선 세계 각지에서 벌어지던 전쟁이 줄어들었다.

몬스터는 부자나 가난한 자, 권력자와 핍박 받는 자를 구별하지 않았다.

몬스터의 관점에서 인간이란 그저 똑같은 먹이일 뿐이었기에.

그런 탓에 전쟁을 벌이다가도 몬스터가 나타나면 적아 구분 없이 힘을 합쳐 대응했다. 상대국이 몬스터에게 점령당하면 그다음 차례는 자신이라는 인식이 생겨났기 때문이다.

자연 서로 손을 잡고 싸우다 보니 국가 간의 갈등이 해소되는 웃지 못할 현상이 나타났다.

게이트란 것이 언제, 어느 순간, 어디서 나타날지 모르기에 남의 일 보듯 신경을 안 쓸 수가 없었다. 막말로 자신의 국가에 몬스터가 출몰한다면 당장 다른 나라로부터 도움이 절실하기에.

인간 사이의 분쟁은 대화를 통해 해결하는 것이 가능하지만 몬스터는 그렇게 할 수가 없었다.

오로지 무력으로 물리쳐야 하기에 피해를 최소화하려면 주변 국가와의 긴밀한 협조는 반드시 필요했다.

물론 어디에나 예외란 존재하는 법.

종교에 빠진 광신도들이 바로 그런 존재였다.

헛된 망상에 물든 그들은 게이트를 통해 나타난 몬스터들이 신의 사자라 믿었다.

강력한 힘을 가진 신의 사자에게 인류는 멸종당해야 한다는 것이 그들의 주장이었다.

당연히 그들의 말로는 비참했다.

당장 인류의 적이라 규정되어 그 존재가 낱낱이 공개되

었다.

이후, 식량과 의약품 등 생존을 하는 데 있어 필수 물자가 차단되었다. 몬스터에게 가족을 잃은 자들은 그런 헛된 주장을 펼치는 이들을 심판하듯 곳곳에서 처형이 벌어지기도 했다.

국가적인 차원에서 직접 처벌을 하지는 않았지만, 그렇다고 그들에게 온정의 손길을 내밀지도 않았다.

결국 인간들 틈에서 살아갈 수 없게 된 그들은 험지로 몰려났다.

몬스터는 자신들을 응원한다고 해서 신경을 쓰는 존재가 아니었다.

당연히 신의 사자라 추앙하며 그들 앞에 엎드린 사람들을 그냥 보아 넘기지도 않았다.

몬스터에게 인간은 그저 먹이일 뿐.

순교라는 망상에 빠져 몬스터의 입에 스스로 걸어가는, 어리석은 행동일 뿐이었다.

결국 그런 광신도들은 스스로 인간의 존엄을 버리고 짐승의 먹이가 되어 종말을 맞이했다.

한편, 대부분의 나라들이 서로 힘을 합치자 게이트에서 쏟아지는 몬스터를 차츰 효과적으로 막아낼 수 있게 되었다.

연구가 거듭하면서 몬스터를 종류별로 분류하고 생태나 습성에 대해서도 하나씩 파악해 나갈 수 있었다.

한발 더 나아가 어떠한 무기가 효과적인지 알게 되자 효율적인 방어 체계를 갖출 수 있었다.

하지만 놀라운 점은 따로 있었다.

몬스터의 진정한 효용 가치.

몬스터의 사체를 연구하던 도중, 연료 고갈에 대한 문제를 해결할 수 있는 대체 에너지원을 발견해 낸 것이다.

몬스터는 그 크기나 종류에 관계없이 심장에 작은 돌을 품고 있었다.

처음엔 그리 대수롭지 않았다.

작은 돌 따위를 눈여겨볼 필요가 없었으니.

하지만 어느 날, 에너지 측정기가 우연히 반응을 했다.

그에 관심을 가진 한 과학자는 고효율의 에너지 자원으로 이용할 수 있음을 밝혀냈다.

그 이후, 인간과 몬스터의 역학관계가 뒤집혔다.

인류에게 있어 재앙의 존재였던 몬스터가 이제 없어서는 안 될 에너지 자원으로 인식되었다.

더 나아가 몬스터의 심장에서 나오는 돌, 마정석이 돈이 된다는 것이 알려지면서 반대로 몬스터를 사냥해 돈을 벌려는 사람들이 생겨났다.

처음에는 무모한 행위라 여겨졌다.

여전히 몬스터는 위험했고, 군대가 아니라면 어찌할 수 없는 존재라 여겨졌기에.

하지만 그런 와중에 몬스터 사냥에 성공하는 이들이 하나둘 나타났다.

몬스터 사체를 팔아 막대한 부를 벌게 되자 선망 받는 직업으로 자리매김할 정도로 존재감도 커졌다.

사람들은 몬스터를 사냥하는 이들을 헌터라고 불렀다.

개개인이 남다른 능력을 보유한 헌터들은 스스로의 가치에 대해 잘 알았다.

그리하여 그들은 세력을 결집하여 더욱 높은 지위로 올라섰다.

클랜, 소위 말해 길드가 생겨난 배경이었다.

† † †

게이트가 열리고 몬스터가 지구에 나타난 지도 수십 년이 지났다.

한때 인류의 재앙이었던 몬스터는 이제 더 이상 위협적으로 인식되지 않았다.

그저 인류의 삶을 풍족하게 해주는 자원, 또는 부자들의 스릴 넘치는 사냥감에 지나지 않을 뿐.

게이트를 넘어오는 몬스터들은 군과 헌터들에 의해 곧바로 처리되었고, 이제는 거꾸로 인간들이 게이트 너머로 진출하는 상황에 이르렀다.

게이트 너머, 뉴 어스라 불리는 세계는 몬스터들의 세상이었다.

더욱 다양한 종류가 즐비했고, 지구에서는 볼 수 없던 강한 몬스터도 존재했다. 지구에 나타난 몬스터는 그야말로 빙산의 일각에 불과했던 것이다.

때문에 헌터들의 몬스터 사냥은 더욱 힘들고 위험해졌지만, 그만큼 수익도 높아졌다.

헌터들의 활동 영역이 뉴 어스로 옮겨가면서 세상은 또한 번 새로운 전환의 국면을 맞이했다.

지구에서 대몬스터용 병기로 활용되던 총기류는 뉴 어스에서는 찾아보기 힘들었다.

뉴 어스에서 출몰하는 강력한 몬스터들은 웬만한 화기로는 타격을 주기가 힘들 뿐 아니라, 다른 몬스터들이 총기 발사음에 반응하여 몰려드는 요인이 되는 탓이다.

뉴 어스 개척 초반, 몬스터에 의해 목숨을 잃는 사태가 연달아 발생하면서 헌터들은 고심을 거듭했다. 총기의 소음 때문에 몰려드는 몬스터들을 감당할 수가 없게 되었기 때문이다.

화기를 사용하지 못하면 몬스터를 감당할 수 없기에 무언가 대책이 필요했다.

그러던 중 부각된 것이 이미 도태되었던 냉병기, 즉 칼과 활 같은 무기였다.

날붙이 형태의 무기는 화기의 시대가 시작되면서 무기로서의 효용성을 잃어버렸다.

그러다 보니 장식용이나 취미 활동에나 사용되는 물건으로 전락한 지 오래였다.

당연하게도 도검을 만드는 장인들도 거의 사라진 상태였다.

한데 총기를 대신해 검과 도가 몬스터 사냥 도구로서 효용성이 입증되자 장인들의 대우가 급변했다. 수요에 비해 공급이 워낙 적다 보니까 장인의 가치가 급상승한 것이다.

상황이 그렇게 흘러가자 장인을 중심으로 운영되는 대장간도 다시금 수요가 증가했다.

그에 따라 몬스터들을 상대할 만한 병기가 제대로 갖춰지자 주춤하던 몬스터 사냥도 다시금 활기를 되찾았다.

✝　　　✝　　　✝

"하아……."

정진은 한숨을 내쉬며 벤치에 앉았다.

오늘만 벌써 세 번째 찾아간 대장간에서도 거절을 당했다.

그야말로 막막함이 몰려들었다.

앞으로 어떻게 살아가야 할지 절로 답답함이 일었다.

정진은 불행의 시발점이 된 오늘 아침의 일을 떠올렸다.

아침 일찍 출근한 정진은 여느 때와 마찬가지로 대장간 문을 열고 들어갔다.

"안녕하십니까."

하지만 왠지 평소와 다른 분위기가 느껴졌다.

무언가 자신과 눈을 마주치지 못하는 직원들의 분위기가 어색하게 느껴질 즈음…….

"어, 정진이 왔냐? 사장님이 너 출근하면 사무실로 좀 오라고 하더라."

작업 준비를 하던 김씨가 다가와 조심스럽게 말했다.

"알겠습니다. 그럼 사무실에 먼저 들렀다 나와서 도와드릴게요."

정진은 김씨를 뒤로한 채 사무실로 향했다.

"무슨 일이지?"

작게 혼잣말을 중얼거린 정진은 자신을 찾는 이유가 짐작이 가지 않아 고개를 갸웃거리며 사무실로 들어갔다.

덜컹!

"사장님, 절 찾으셨다고요?"

"그래, 어서 와라. 잠시 여기 좀 앉아봐. 할 말이 있어 찾았다."

대장간 사장은 굳은 얼굴로 이야기하며 책상에서 뭔가를 뒤적였다.

그러다 곧 봉투 하나를 꺼내 들고는 정진의 맞은편에 앉으며 말했다.

"자, 이거……."

"이게 뭡니까?"

정진은 사장이 내민 봉투를 보고는 의아하다는 표정으로 물었다.

사장은 미안하다는 기색을 띤 채 망설이듯 말을 꺼냈다.

"그건… 그동안 일한 네 월급이다."

"네? 아니, 사장님… 제가 무슨 실수라도 했습니까?"

정진은 깜짝 놀라 눈을 동그랗게 뜨며 되물었다.

직감적으로 해고 통보임을 알아챈 것이다.

"아니, 그것이 아니라……. 하아……."

눈도 마주치지 못한 채 한참을 망설이던 사장은 결국 긴 한숨을 내쉬며 현재 대장간이 처한 사정에 대해 이야기를 털어놓았다.

"너도 잘 알고 있겠지만, 지금 우리 대장간의 사정이 너무도 안 좋구나. 갈수록 손님도 줄어들고 그러다 보니 도무지 운영을 해 나가기가 어렵다. 그나마 아직 찾아주는 몇몇 단골이 있어 간신히 유지를 하고 있지만, 이젠 그것도 힘들 것 같다."

사장의 말은 거짓이 아니었다.

정진 또한 일을 하면서 대장간의 운영이 더욱 힘들어지고 있음을 절감하던 차였다.

"…그래서 이참에 게이트 안으로 대장간을 옮기려고 한다. 뉴 어스에 가서 새롭게 자리를 잡기 위해선 자본금도 필요하고, 그러다 보면 최대한 지출을 줄여야 해서……."

"예, 알겠습니다. 더 이상 말씀 안 하셔도 알 것 같습니다."

"정진아……."

"저도 사정이 어떤지 알고 있으니 충분히 이해했습니다. 대신 나중에라도 자리 잡으시면 다시 불러주세요."

정진은 사장의 말을 중간에 끊고 덤덤하게 상황을 받아들였다.

일을 하면서 대장간의 형편이 점점 어려워지고 있다는 것을 그 역시도 느꼈기 때문이다.

하지만 구구절절 매달릴 생각은 없었다. 어차피 결과가 달라지지는 않을 것이기에.

다만, 냉정한 척 받아들인 것과 달리 마음속으로는 앞으로 어떻게 해야 할지 걱정이 차올랐다.

"그럼 나가보겠습니다. 안녕히 계십시오."

"그래, 미안하다. 자리 잡으면 꼭 다시 부르마. 그동안 고생했다."

힘없이 사무실을 나온 정진은 작업장을 정리하고 있는 김씨에게 다가갔다.

"김씨 아저씨."

"그래, 사장이 뭐라고 하더냐?"

"오늘부터 그만두라네요."

"뭐야? 하긴… 넌 뉴 어스로 가지 못하니……."

"네, 그런가 봐요."

정진은 얼마 전 사장이 넌지시 건네던 말을 떠올렸다.

대장간 형편이 무척이나 좋지 않다던.

사장 입장에서는 당장 불필요한 인력은 정리하는 것이 당연했다.

"뭐, 나중에라도 자리 잡으면 불러준다고 했으니, 그때 다시 봐요."

"그래, 고생했다."

"아니에요. 그동안 고마웠습니다, 아저씨. 다음에 뵐 때까지 건강하세요."

"그래, 알았다. 너도 건강해라."

"그럼 가보겠습니다. 안녕히 계세요."

"휴……."

아침의 일을 떠올리자니 정진은 마음이 답답했다.

상념을 털어내듯 심호흡을 하며 고개를 든 정진은 그제야 주변 풍경이 눈에 들어왔다.

왕복 4차선 도로.

관리가 되지 않은 듯 아스팔트는 여기저기 금이 가고 움푹움푹 파여 있었다.

인도 역시 깨진 보도블록 틈 사이로 잡초가 무성하게 자라 있었다.

인근 건물들도 정상적인 모습은 아니었다. 군데군데 유리가 깨지고 불에 탄 흔적이 역력했다.

이곳 신림동이 이런 모습이 된 것은 30여 년 전에 발생한 게이트 때문이다.

도심 한복판에 갑자기 나타난 게이트.

이미 뉴욕의 경우를 접했기에 게이트가 나타나자마자 사람들은 혼란에 빠졌다.

역시나 게이트에서 몬스터가 쏟아져 나왔고, 미처 도망치지 못한 사람들은 역시나 목숨을 잃고 말았다.

다행히 뉴욕의 일을 반면교사 삼아 군대가 출동 대기 중이어서 빠른 수습이 가능했다.

하지만 그럼에도 잠깐의 시간 동안 많은 사상자가 발생했다.

먼 나라가 아닌, 자신의 주변에서 일어난 일이다 보니 충격은 더욱 크게 다가왔다.

그랬기에 몬스터들을 다 제거한 뒤에도 사람들은 게이트

인근에 있는 것을 꺼려했다.

이후 게이트 주변을 철통같이 경비하며 몬스터의 습격에 대비하였지만, 그래도 간간이 출몰하는 몬스터들로 인해 주변 상가는 피해를 입을 수밖에 없었다.

그 누가 언제 몬스터가 들이닥칠지 모르는 곳에 살겠는가.

그렇게 시간이 흐르다 보니 신림동은 점차 버려진 동네가 되었다.

버려진 건물과 텅 빈 도로를 보던 정진은 지금 자신의 모습을 보는 것 같다는 생각이 들었다.

온 세상으로부터 버림받은 신세. 그것이 지금 정진이 느끼는 자신의 처지였다.

거동을 하지 못하는 아버지와 세 동생. 그들을 먹여 살려야 하는데, 현실은 암울하기만 했다.

그나마 동생 한 명이 자원입대를 하여 입을 덜었지만, 여전히 형편은 나아지지 않았다.

사실 정진의 집안이 처음부터 그런 것은 아니었다.

비록 부유하다고 할 정도는 아니지만, 그래도 나름 남부럽지 않은 생활을 영위했다.

하지만 헌터였던 아버지가 몬스터 사냥 중 부상을 당하면서 비극은 시작되었다. 부상 정도가 생각보다 심각해 남은 여생 동안 장애를 안고 살아야 한다는 의사의 판정을 받은 것이다.

정상적인 생산 활동조차 불가능해지자 가정의 수입원이 한순간에 사라져 버렸다.

결국 아버지 대신 어머니가 나섰다. 비록 할 수 있는 일은 식당의 식모 일이 전부였지만, 그래도 어머니는 가족을 먹여 살리기 위해 열심히 일을 했다.

하지만 불행은 혼자 오지 않는다고 했던가.

얼마 지나지 않아 어머니마저 돌아가시는 비극이 벌어졌다.

일을 마치고 돌아오는 길에 갑자기 나타난 몬스터에게 그만 화를 당한 것이었다.

정진이 막 고등학교 3학년에 올라가던 시기였다.

창졸간에 가족의 생계를 책임지게 된 정진은 곧바로 학업을 중단하고 생활 전선에 뛰어들었다.

이후 안 해본 일이 없을 정도로 많은 일을 하였다.

새벽에는 신문과 우유 배달, 그리고 낮에는 패스트푸드점 아르바이트를 하고, 저녁에는 편의점 아르바이트까지… 그야말로 닥치는 대로 일을 하였다.

자신 외에는 가족들을 건사할 사람이 없다는 책임감에 힘든 줄도 모르고 일을 하였다.

그런 정진의 성실함을 눈여겨본 이 중 한 명이 바로 대장간의 사장이었다.

대장간에서 일해보지 않겠냐는 제안을 받았을 때, 정진은 많은 고민을 했다. 지금 순간에 한 번 결정을 내리면 자신의 인생에서 다른 일을 하게 될 선택지가 한정될 것이기에.

하지만 고민도 잠시, 대장간에서 일하며 기술을 배우게 된다면 나중에는 보다 안정적인 생활이 가능할 거라 판단했다.

그렇게 무려 5년이나 땀을 흘려가며 일을 했는데, 하루 아침에 일자리를 잃고 이렇게 또다시 직장을 구하고 있는 자신의 처지가 너무도 기구하게 느껴졌다.

그동안 배운 것이라고는 대장간 일이 전부인지라 다른 대장간을 찾아갔지만, 번번이 퇴짜를 맞았다.

사실 그 또한 어쩔 수 없는 현실이었다.

다른 대장간들 마찬가지로 사정이 어려워졌거나 뉴 어스로의 진출을 계획하고 있는 터였기에.

사실 이러한 상황의 배경엔 정부의 정책 탓이 컸다.

갑자기 게이트의 이용료를 20%나 올려 버린 것이다.

이는 기업이나 단체에 속하지 않은, 개인적으로 사냥을 해 나가는 헌터들에게는 큰 부담이 될 수밖에 없었다.

게이트의 이용 금액은 왕복 200만 원.

그런데 거기서 20%나 인상을 했으니 당연히 부담이 되는 것이다.

아무리 헌터가 돈을 많이 버는 직업이라고 하지만 이들은 자신의 생명을 담보로 몬스터와 싸워 돈을 번다.

그렇게 번 돈으로 다음 사냥을 위해 무기를 준비하려면 다시 많은 돈을 쓸 수밖에 없었다.

한데 게이트 이용 금액이 올라가게 되면 헌터들도 그만큼 어려움을 겪는 게 당연했다.

사냥을 하기 위해서는 게이트를 통해 뉴 어스로 넘어가야 하니 이용료를 내지 않을 수도 없는 노릇이고, 결국 장비를 수선하고 구입하는 비용에서 비용을 줄일 수밖에 없는 것이다.

헌터들의 이용이 줄어드니 자연스럽게 대장간의 수입도 떨어지게 되었고, 어려운 상황을 타개하기 위해 특단의 조치를 내려야 했다.

그렇게 해서 도출된 결론은 간단했다.

뉴 어스로 대장간을 이전하는 것.

굳이 비싼 게이트 이용료를 내가며 지구로 돌아오느니, 뉴 어스 현지에서 대장간을 이용할 수 있다면 끊어진 헌터들의 발길이 다시 늘어날 것이라는 판단이었다.

정진이 일하던 대장간도 그러한 추세에 맞추어 경영난을 해소해 보고자 지구에서의 사업을 접고 뉴 어스로 진출하려는 것이었다.

만약 뉴 어스로 따라갈 수 있다면 일을 그만두지 않았겠지만, 정진은 그렇게 할 수가 없었다.

어린 동생들과 아픈 아버지를 놔두고 뉴 어스에 장기 체류 하는 것이 불안했기 때문이다.

동생들이 조금만 더 컸더라면 위험하더라도 뉴 어스에 갈 수도 있었겠지만, 안타깝게도 현실은 그렇지 못했다.

그러니 안 될 일은 빨리 털어버리고 새로운 방안을 모색하는 것이 더 현명한 일이었다.

"으차! 언제까지 푸념만 할 수는 없지."

벤치에 앉아 잠시 상념에 빠져 있던 정진은 다시 기운을 내며 길을 나섰다.

그러던 중 저 멀리 보이는 건물의 광고판이 눈에 띄었다.

아라치 클랜에서 신규 헌터를 모집합니다.

모집 조건은… 많은 신청 바랍니다.

국내 헌터 클랜 랭킹 128위 블랙 액스 클랜에서… 신청 바랍니다.

'그래. 혹시 헌터 협회와 연결된 대장간이 있을 수도 있으니 한 번 알아보자.'

정진은 혹시나 하는 마음을 가지고 헌터 협회로 들어갔다.

헌터 협회의 1층은 마치 주민 센터처럼 꾸며져 각종 업무가 분주하게 이루어지고 있었다.

기본적인 업무는 헌터들에게 일거리를 소개해 주거나 의뢰를 받는 일이지만, 헌터를 상대로 한 은행 업무도 이곳에서 담당했다.

뿐만 아니라 헌터를 영입하기 위해 클랜이나 길드에서 파견 나온 스카우터들이 상주하고 있기도 하였다.

정진은 일단 구인 정보를 담당하는 부스로 가서 자신이 할 만한 일이 있는지 알아보기로 했다.

"어서 오십시오. 무엇을 도와드릴까요?"

"네, 저… 직장을 구하려고 합니다. 수습 대장장이로 5년 일했습니다."

담당자는 잠시 정진의 얼굴을 쳐다보다가 앞에 놓인 모니터를 확인하며 키보드를 두드렸다.

"음, 수습 대장장이를 찾는 대장간이 있는지 문의하신 것 맞으시죠?"

"예, 그렇습니다."

정진은 담당자의 말에 일말의 기대를 품으며 얼른 대답했다.

"백두 대장간과 한라 대장간, 그리고 금강 대장간, 이렇게 세 곳이 있군요."

"그게 정말입니까?"

정진은 담당자의 말에 눈이 커지며 다시 한 번 물었다.

"네, 그렇습니다. 백두 대장간과 한라 대장간은 채용 조건이 경력 3년 이상이면 된다고 합니다. 단, 뉴 어스로 이전을 하기 때문에 뉴 어스에서 6개월 이상 장기 체류가 가능해야 한다고 합니다. 그리고 금강 대장간은 초보도 상관은 없다고 하는데, 이곳도 6개월 이상 장기 체류 가능한 사람만 모집을 하고 있습니다. 신청하시겠습니까?"

담당자는 정진에게 신청서를 보여주며 말했다.

하지만 정진의 얼굴에는 낙담한 표정이 가득했다.

일자리를 잃게 된 이유, 그리고 오전 내내 퇴짜를 맞은 이유가 바로 장기 체류에 관한 문제 때문이었는데 이곳에서도 똑같은 이야기를 듣게 되니 힘이 쭉 빠지는 느낌이었다.

"혹시 뉴 어스가 아니라 서울에 있는 대장간 중에는 모집 공고 들어온 곳이 없습니까?"

정진은 내심 없을 것이라 생각하면서도 묻지 않을 수가 없었다.

그러자 다시 한 번 키보드를 조작한 담당자는 이내 담담한 표정으로 대답했다.

"말씀하신 조건 중에서는 저희에게 의뢰한 곳이 없군요. 죄송합니다."

"…네."

예상하던 대로의 답변이 들려오자 정진은 힘없이 고개를 떨궜다.

'아, 다른 일을 알아봐야 하나…….'

힘들기는 하지만 제대로만 배운다면 나중에 자신만의 대장간을 열 수도 있고, 그렇게 되면 지금보다 안정적으로 돈을 벌 수 있을 테지만, 현재 정진이 가진 기술은 어설펐다.

기술자의 보조는 할 수 있지만, 혼자서 일을 맡아 하기에는 어려운 점이 한두 개가 아닌 것이다.

때문에 조금 더 기술을 배워야 한다는 마음과 지난 5년간의 경험이 아까워 대장간을 알아보았는데, 마땅한 자리가 없다고 하니 고민이 되었다.

"혹시 장기 체류 때문에 고민이시라면 이건 어떻습니까?"

"네? 어떤……."

정진이 관심을 보이자 담당자는 미소를 지었다.

"체류 기간은 한 달을 예상하고 있으며, 보수도 아주 높습니다. 초보자에겐 조금 힘들 수도 있지만, 대장장이 일을 하셨다니 괜찮을 겁니다. 살짝 위험한 일이긴 해도 대기업이 후원하는 헌터 클랜에서 주도하는 일이니 큰 문제는 없을 겁니다."

위험하다는 말을 할 때는 살짝 중얼거리고, 대기업이 후원하는 헌터 클랜이라는 부분에서는 강조하며 말하는 담당자.

무언가 의도가 담긴 듯한 대사였지만, 정진에게 중요한 것은 그런 게 아니었다.

돈을 많이 준다는 것.

이미 그 한마디에 정진의 결정은 내려진 것과 마찬가지였다.

"저… 보수는 어느 정도라고 합니까?"

정진이 이미 넘어왔다고 판단한 담당자는 부드러운 말투로 상세하게 대답해 주었다.

"급여는 기본급과 각종 수당을 합쳐 월 1천만 원 정도라고 합니다. 그리고 필요한 장비나 게이트 이용 요금은 노태 클랜에서 일괄 처리합니다. 아, 제가 의뢰주에 대해 알려 드리지 않았군요. 의뢰주는 노태 클랜으로……."

담당자는 보수가 1천만 원이라는 것과 의뢰 주체가 노태 그룹 산하의 클랜임을 강조하였다.

그러면서 혹시나 정진이 말만 듣고 뒤로 뺄까 싶어 노태 클랜에 대한 부연 설명을 장황하게 늘어놓았다.

하지만 정진으로서는 보수가 1천만 원이라는 소리에 넘어가 뒷말은 귀에 들어오지도 않았다.

눈 딱 감고 한 달만 다녀오면 거금 1천만 원이라는 돈이 생기는 것이다. 떡 줄 사람은 생각도 않는데 김칫국부터 마신다고, 벌써부터 정진은 1천만 원이 생기면 어떻게 사용할지 고민했다.

사실 헌터 협회에 들어서면서 정진은 스카우터들이 신규 헌터들을 모집하는 모습을 보았다.

자격 심사를 통과해 헌터 라이선스를 취득한 이들에게 달라붙어 이런저런 제의를 하는 모습에 부러운 마음이 절로 들었다.

정진 역시 여건만 된다면 대장장이가 아닌 헌터가 되고 싶었다.

집에 누워 계시는 아버지의 모습을 매일 보아왔기에 그리 만만한 직업이 아니라는 것을 잘 알고 있지만, 그래도 선망하지 않을 수가 없었다.

어릴 적 헌터로서 활약하던 아버지의 모습이 세상 무엇보다 든든하게 느껴졌기에.

그 시절, 아버지는 정진의 전부였다.

하지만 장애를 얻게 된 뒤로 아버지는 백팔십도 달라졌다.

더 이상 강하고 멋진 우상이 아니라 자괴감에 빠져 인생을 포기한 사람 같았다.

그 와중에 어머니까지 돌아가시자 아버지는 삶의 의지를 잃어버렸다.

당신 대신 생계를 꾸려 나가는 자신을 볼 때면, 언제나 미안함으로 가득한 우울한 표정이셨다.

사실 정진이 헌터가 되고 싶은 이유 중 하나 바로 그 때문이었다.

아버지의 장애를 치료하고, 예전의 자신감 넘치는 모습을 회복시켜 주고 싶었다.

뉴 어스에서 발견되는 물건 중에는 다양한 아티팩트가 존재했다.

그중에는 아무런 후유증 없이 장애를 치료할 수 있는 것도 있고, 심지어 다른 사람의 신체를 가져다 붙여 사용할 수 있게 해주는 것도 있다고 하였다.

아버지의 장애는 그 정도까지는 아니지만, 현대 의학으로는 고칠 수 없었기에 아티팩트의 도움이 반드시 필요했다.

그런데 아티팩트 치료는 어마어마한 치료비가 들었다.

지금 정진의 형편으로는 엄두도 낼 수 없을 정도로.

사실 정진이 일자리를 잃자마자 부랴부랴 직장을 찾아 나서는 것도 아버지의 약값 때문이었다.

비싼 약값 탓에 당장 수입이 없으면 온 가족이 굶어 죽을 수밖에 없는 것이다.

그러니 많은 수익을 벌어들일 수 있는 헌터라는 직업에 욕심이 생기는 것은 당연한 일이었다.

그런데다 만약 뉴 어스에서 던전이라도 발견하게 된다면 그때부터는 인생이 백팔십도 달라지는 것이다.

하지만 그것은 현재의 정진으로서는 꿈도 꿀 수 없는 이야기였다.

　당장 내일을 걱정하는 상황 속에서 헛된 망상에 불과할 뿐인 것이다.

　정진은 헌터 협회를 나오기 전, 아카데미 안내 포스터를 잠시 바라보다가 힘없이 발길을 돌렸다.

Chapter 2
한 달짜리 아르바이트

덜컹.

"다녀왔습니다."

문을 열자 퀴퀴한 곰팡이 냄새가 정진을 반겼다. 햇볕도 잘 들지 않는 낡은 반지하 셋방이지만, 그나마 가족이 등을 누일 수 있는 소중한 곳이었다.

만약 정진이 던전 탐사의 일꾼으로 취직하지 못했다면 그나마 이곳에서도 쫓겨났을 터다.

게이트 발생 이후, 고난을 겪은 사람들의 인심은 점차 각박해졌다.

언제 어떤 일이 발생할지 모르기에 여유란 것이 사라진

것이다.

예전엔 월세가 좀 늦더라도 어느 정도 말미를 주어졌지만, 지금에 이르러서는 전혀 그렇지 않았다.

자기 한 몸 건사하기에도 힘이 드는 세상이다 보니 다른 사람의 사정을 생각한다는 것은 찾아보기 힘든 덕목이 되었다.

가진 자들은 더욱 많은 것을 소유하려 했고, 없는 자들은 자신보다 못한 이들을 밟고 올라섰다.

남이 적게 가져야 자신이 더 부유해진다고 여겼고, 반대로 남이 많이 가지면 그만큼 피해를 본다고 생각했다.

그렇게 삭막해진 분위기 속에서 정진네와 같은 저소득층은 살아가는 것 자체가 고역이었다.

불평등 해소를 위해 여러 가지 논의가 나오고 있기는 하지만, 그저 공염불에 불과했다.

이런 상황 속에서 그나마 일자리를 구해 조그마한 월세 집이라도 지킬 수 있게 된 정진의 목소리는 조금 밝아져 있었다.

"이제 오냐?"

자리에 누워 있던 정진의 아버지, 수현이 정진을 맞이해 주었다.

아버지의 초췌한 얼굴을 본 정진은 일부러 더욱 힘찬 목소리로 말을 꺼냈다.

"네. 별일 없었죠?"

"집에 뭔 일이 있겠어. 별일 없었다."

정진은 말과는 다르게 아버지의 목소리와 표정에서 느껴지는 미묘한 분위기를 감지했다.

"무슨 일 있었어요?"

"아, 일은 무슨 일… 아니야."

정진의 추궁에 수현은 당황하여 말을 얼버무리고는 몸을 돌려 버렸다.

더 이상 말하고 싶지 않다는 표현임을 짐작한 정진은 굳이 캐묻지 않았다. 하지만 아버지의 그런 모습이 더욱 마음을 아프게 했다.

젊을 시절의 아버지는 누구보다 당당하셨다.

특수 수색대를 나온 아버지는 그 경험을 바탕으로 헌터가 되어 승승장구하셨다.

하지만 그런 시간은 그리 길지 않았다.

한창 헌터 일을 하던 중 갑자기 몬스터가 그가 속한 클랜을 습격한 것이다.

겨우겨우 사냥에 성공하기는 했지만, 많은 사상자가 발생해 클랜은 해체되었다.

정진의 아버지 역시 심각한 부상을 입고 평생 장애를 안고 살아가야 하는 처지가 되고 말았다. 평범한 일은커녕 거동조차 원활하지 못해 할 수 있는 게 없었다.

결국 생계를 위해 어머니가 일자리를 찾아 나섰다.

하지만 각박한 세상에 여자가 할 수 있는 일은 별로 없었다.

그나마 아버지가 헌터 일을 할 때 안면이 있던 사람의 소개를 받아 게이트 인근에 자리 잡은 식당에서 일을 얻게 되었다.

비록 허드렛일이긴 해도 가족들이 단란하게 삶을 꾸려 나가기에는 그리 큰 어려움은 없었다.

하지만 이어진 비극에 정진의 가족은 그야말로 절망의 구렁텅이에 내던져지고 말았다.

일을 시작한 지 얼마 지나지 않아 몬스터 웨이브가 발생했고, 그때 어머니는 목숨을 잃고 말았다.

아버지가 부쩍 말수가 적어지고 기운이 없어진 것은 그때부터였다.

가족의 모든 비극이 자신의 부상으로부터 비롯되었다는 자책감에 빠져든 것이다.

그런 탓에 아버지는 삶을 비관해 자살을 시도하기도 했지만, 다행히 장녀인 정은이 이른 시간에 발견하여 겨우 목숨을 구할 수 있었다.

이후로 아버지는 죄인이라도 된 것처럼 자식들에게 아무런 말도 못하고 모든 일을 그저 혼자서 속으로만 삭였다.

정진은 그런 아버지의 모습이 너무도 애잔하면서도 한편으로는 짜증스럽기도 했다.

"저 그만 씻고 올게요."

정진은 돌아누운 아버지의 뒷모습을 복잡한 심경으로 바라보다가 화장실로 들어갔다.

수현은 정진이 사라진 것을 확인하고 나서야 작게 한숨을 내쉬었다.

사실 그는 정진에게 할 말이 있었다. 낮에 집주인이 찾아와 월세를 더 올리겠다고 통보를 한 것이다.

하지만 수현은 차마 그 말을 꺼내지 못했다.

지금도 힘들게 일하며 빠듯하게 가족들의 생계를 꾸려 나가고 있다는 것을 잘 알고 있기에 월세를 더 내야 한다는 말이 차마 입에서 떨어지지가 않은 것이다.

"아버지, 드릴 말씀이 있어요."

가족들이 다 같이 모여 저녁을 먹던 중 정진이 이야기를 꺼냈다.

사뭇 진지한 목소리에 모두가 새삼스레 정진을 쳐다보았다.

그리고 이내 정진의 입에서 폭탄선언이 터져 나왔다.

"저 일 그만두었습니다."

충격적인 소식에 정은과 정수가 멍하니 정진을 바라보았다.

하지만 정진은 그에 개의치 않고 계속해서 말을 이어 나갔다.

"제가 일하던 대장간이 이번에 뉴 어스로 옮기게 되었는데, 함께 가지 못하는 직원들은 모두 해고되었습니다."

가족들의 표정이 심각하게 굳어졌다.

직장이 사라지게 되었다는 것을 알고는 눈앞이 캄캄해진 것이다.

"그럼 우린 어떻게 해? 오늘 집주인이 월세 올려 달라고 하던데……."

그때, 정은은 자신도 모르게 월세 이야기를 꺼내고 말았다.

"뭐? 월세를 올려 달라고 했다고?"

"으, 응. 오늘 낮에 아르바이트하러 가기 전에 집주인이 와서 월세를 올려 달라고 말하고 갔어."

"음……."

정진은 자신도 모르게 작은 신음을 흘렸다.

'낮에 일을 구하지 않았다면 큰일 날 뻔했군.'

정진은 천만 다행이란 생각이 들었다.

"걱정하지 마. 사실 할 말이 하나 더 있는데……."

정진은 이제 본론을 꺼내야겠다는 생각에 잠시 숨을 고르고는 조용히 뒷말을 기다리는 수현을 보고 말했다.

"노태 클랜에서 일꾼이 필요하다고 해서 그 일을 신청했습니다."

"뭐라고? 오빠, 설마 헌터가 되려는 거야?"

"형, 너무 위험한 일 아니야?"

동생들은 던전 탐사를 따라간다는 말에 놀란 눈을 하며 물었다.

수현도 이번만큼은 말리고 싶어 하는 눈치였다.

내심 이번 일을 계기로 헌터에 도전할 마음을 먹고 있던 정진은 순간 뜨끔했지만, 일단 동생들을 진정시키기 위해 설명을 덧붙였다.

"잠시 내 말을 들어봐. 내가 지원한 것은 위험한 헌터 업무가 아니라 그냥 일꾼이야, 일꾼. 그리고 노태 클랜이면 노태 그룹에서 후원을 하고 있는 상급 클랜인데, 설마 무슨 일이 생기겠어? 이번 탐사에는 클랜 소속의 상급 헌터들이 많이 동원된다고 하니 그리 위험하진 않을 거야. 게다가 뉴 서울과 불과 일주일 거리밖에 떨어져 있지 않은 지역에서 발견된 던전이라 몬스터도 별로 없는 지역이라고 했어. 그러니 너무 걱정하지 마."

정진은 자신이 헌터 협회에서 들은 정보를 토대로 가족들을 안심시키기 위해 살짝 위험도를 낮춰 말했다.

사실 노태 클랜에서 상급 헌터들이 동원되는 것은 맞지만, 던전이 베이스캠프인 뉴 서울에서 일주일 거리라고 한 말은 거짓이었다.

자신을 걱정하는 가족들을 설득하기 위해 선의의 거짓말을 한 것이다.

이번 노태 클랜의 일정은 던전까지 가는 데 10일, 던전을 조사하는 것에 10일, 그리고 복귀하는 데 10일씩 도합 한 달을 잡고 있었다.

물론 일주일과 열흘은 3일밖에 차이가 나지 않지만, 충분히 헌터들의 생사를 가를 수 있는 거리이기도 했다.

인간이 게이트를 사이에 두고 뉴 어스와 마주한 지 어느

덧 30년이 넘어가고 있지만, 안전이 확보된 거리는 베이스 캠프에서 얼마 벗어나지 못하고 있었다.

더욱이 가끔씩 발생하는 몬스터 웨이브 시기 때는 아무리 튼튼한 방벽이 있어도 속수무책이었다.

지구에서처럼 중화기 부대를 동원하여 방어 작전을 펼친다면 어찌 막아낼 여지가 있지만, 엄청난 소음을 동반하는 중화기를 뉴 어스에서 사용했다가는 사방에서 밀려드는 몬스터들에게 처참하게 당하게 될 것이다.

그런데다 부대 간 원활한 작전을 위해선 소통이 무척이나 중요한데, 뉴 어스에서는 무슨 이유에서인지 무전기가 제대로 작동되지 않았다.

때문에 몰려드는 몬스터를 효율적으로 처리하지 못하고 각개격파를 당하는 등의 애로 사항이 많아 각국은 베이스캠프를 하나 또는 둘 정도만 운용하는 형편이었다.

그러니 베이스캠프로부터 일주일이라는 거리도 사실상 결코 안전한 곳은 아니었다.

정진은 자신이 최대한 안전한 곳에서 일을 하고 있다는 것을 가족에게 다만 조금이라도 더 어필하려고 거리를 줄이고, 또 노태 클랜에 대하여 장황하게 설명을 하였다.

하지만 전직 헌터였던 아버지를 속일 수는 없었다.

그래서 일단 동생들을 안심시키고 난 뒤, 아버지에게는 따로 말씀을 드릴 생각이었다.

"보수도 좋고 믿을 수 있는 대형 클랜이 하는 일이니 너무 걱정하지 말고, 내가 돌아올 때까지 말썽 피우지 말고 공부 열심히 하고 있어. 알겠지?"

"알았어."

"조심히 다녀와, 형."

이후로도 계속된 설득에 정은과 정수는 결국 정진의 뉴어스행을 받아들였다.

하지만 그때까지도 한껏 찌푸려진 수현의 표정은 펴지지 않았다.

굳이 말은 하지 않았지만, 뉴 어스는 결코 만만한 곳이 아니다.

TV에 나오는 것과 같이 낭만이 넘치고 화려한 모습을 가진 기회의 땅이 아니란 소리였다.

베이스캠프를 벗어나면 발걸음 한 발, 한 발이 위기고, 언제 어디서 몬스터나 맹수에게 목숨을 잃을지 모르는 복마전이었다.

사실 뉴 어스에서는 몬스터도 그렇지만, 도처에서 서식하는 짐승들도 큰 위협이었다.

뉴 어스의 생물은 피의 색깔에 따라서 구분을 하는데, 검붉은 피를 가진 것은 몬스터이고, 밝은 선홍색을 가진 것은 짐승이었다.

비록 이계의 생물이지만 선홍색의 피를 가진 짐승들은 인간이 식용해도 아무런 해가 없을 정도로 지구상의 짐승들과 별반 다를 것이 없었다.

다만, 뉴 어스의 흉험한 자연환경에 적응하기 위해 독특하게 진화를 했다는 것이 문제였다.

예를 들면 이계의 닭은 크기가 지구의 칠면조만큼이나 컸으며, 단단한 부리와 날카로운 발톱으로 작은 몬스터도 잡아먹었다.

또 어떤 맹수들은 카멜레온처럼 주변의 색과 비슷한 보호색을 만들어 은신을 하다가 사냥감을 습격하는 형태로 진화를 하기도 했다.

그렇기에 이들은 헌터들에게 몬스터와는 또 다른 위험 요소였다.

심지어 헌터들의 사망 원인을 보면 몬스터 사냥 중에 사망하는 비율보다 맹수들에게 습격당해 사망하는 비율이 더 높을 정도였다.

뉴스에 나오지 않는 이러한 정보를 너무나 잘 알고 있는 수현은 던전 탐사를 위해 이계로 간다는 아들의 모습이 여간 걱정이 되지 않을 수가 없었다.

날이 밝자 정진은 집을 나섰다.

오늘 노태 클랜에 들러 던전 탐사에 동행할 일꾼으로 신고를 해야 하기 때문이었다.

어제는 시간이 너무 늦어 미처 등록을 하지 못했다.

물론 헌터 협회에 신청을 하였기에 더 이상 신청자는 없겠지만, 그렇다고 안심하고 있을 수는 없었다.

겨우 한 달 참여해서 1천만 원이나 벌 수 있는 일은 결코 흔하지 않았다.

사실 외부에 있어야 하기에 그렇게 높은 수당이 책정이 된 것이지, 베이스캠프에서 얼마 떨어지지 않은 곳이었다면 그렇게까지 많은 보수를 보장 받지는 못했을 것이다.

그렇기에 위험을 감수하고서라도 높은 보수를 노려 신청하는 사람이 분명 있을 것이라 생각해 정진은 얼른 등록을 하려 했다.

아침 일찍부터 나온 탓에 거리는 몇몇 사람들만 바쁘게 움직이고 있을 뿐, 대체적으로 한산했다.

덕분에 정진은 탁 트인 거리를 거침없이 걸어 노태 클랜 사무실로 향했다.

노태 클랜의 위치는 정진도 잘 알고 있었다.

헌터를 상대로 장사하는 가게들이 게이트 근방에 분포되어 있는 것처럼 헌터 클랜의 사무실 또한 게이트와 가까운 곳에 있었다.

정진이 일하던 대장간은 경쟁에서 살아남기 위해 수선을 맡긴 장비나 새로 주문한 장구류를 클랜까지 배달해 주기도 했다.

그리고 그런 일을 담당하던 것이 막내인 정진이었기에 주요 클랜의 위치는 모두 알 수밖에 없었다.

어렵지 않게 노태 클랜을 찾은 정진은 긴장을 풀기 위해 잠시 멈춰 서서 심호흡을 하였다.

"흠, 확실히 대기업이 밀어주는 클랜이라 그런지, 엄청나게 크구나."

노태 클랜의 건물은 그 크기부터 사람을 압도하고 있었다. 대장간에서 배달을 하면서 몇 번이나 보기는 했지만, 막상 이곳에서 일을 하게 된다고 생각하니 새삼 위용이 다르게 느껴진 것이다.

게다가 노태 클랜의 본 사무실은 게이트 너머의 뉴 어스에 있고 이곳 지구의 사무실은 물자 보급을 담당하는 곳이니, 노태 그룹에서 얼마나 헌터 사업에 투자를 아끼지 않고 있는지 알 수 있었다.

정진은 그래도 마음 한구석에 남아 있던 불안감이 어느 정도 사라지는 것을 느끼며 사무실 안으로 들어섰다.

"어떻게 오셨습니까?"

아침 이른 시각이지만 데스크의 직원은 친절하게 정진을 맞았다.

"네, 다름이 아니라……."

정진은 용건을 말하며 헌터 협회에서 등록했던 정보를 알려주었다.

직원은 컴퓨터를 두드리며 뭔가를 검색해 보더니, 이내 정진의 접수 기록을 찾아냈다.

"아, 여기 접수되었네요. 출발은 이틀 뒤 오전 아홉 시로 예정되어 있으니 30분 전까지 도착하시면 됩니다. 일단 선금으로 5백만 원을 지급하고, 일이 끝나는 한 달 뒤에 남은 5백만 원을 받는 것으로 하셨는데, 맞나요?"

"네, 그렇게 해주세요."

정진은 고개를 끄덕이고는 직원이 내민 계약서를 작성했다.

일반적으로 헌터들은 사냥이나 던전 탐사를 나가기 전에

필요한 물자를 운반하거나 처리한 몬스터의 사체를 옮기는 일을 담당할 일꾼을 고용한다.

고용된 일꾼은 계약 기간 동안 클랜에 소속된 계약직 직원으로 인정되어 게이트 이용 자격을 얻게 되고, 헌터들과 함께 뉴 어스로 떠나게 된다.

그런데 뉴 어스는 무척이나 위험한 곳이기에 그들은 항상 지구로 돌아오지 못할 수도 있다는 가능성을 염두에 두고 계약을 맺었다.

때문에 보수를 일이 모두 끝난 뒤에 일괄 지급한다는 조건이면 지원하는 사람이 아무도 없었다.

뉴 어스 진출 초기에는 그러한 계약을 맺는 일꾼들도 있었지만, 이용만 당하다가 보수도 제대로 받지 못하는 사례가 잇따르자 정부 차원에서 규정을 제정했다.

전체 보수의 최대 절반까지 미리 선금으로 받을 수 있도록 보장한 것이다.

혹시나 사고를 당하더라도 지구에 남은 가족들에게 최소한의 생활비는 지급될 수 있도록 하려는 취지에서였다.

정진도 당장 자신이 뉴 어스로 떠나 있는 동안에 가족들의 생계를 위해서 선급금으로 받을 수 있는 최대치인 5백만 원을 신청했다.

우선 그 돈이면 만에 하나 자신이 뉴 어스에서 잘못되었을 경우, 둘째인 정한이 제대를 할 때까지 버틸 수도 있을 것이다.

물론 그런 일은 결코 벌어지면 안 되겠지만, 미래란 누구도 알 수 없는 것 아니겠는가.

특히나 뉴 어스에서는 언제 어떤 일이 일어날지 아무도 모르는 일이었다.

물론 이런 선급금에 대한 규정은 좋은 취지와 달리 부작용도 존재했다.

돈만 받고 나타나지 않는, 이른바 먹튀를 하는 자들이 나타난 것이다.

그럴 경우 단순히 선지급 금액에 대한 피해뿐 아니라 미리 계획한 일정에 차질이 생겨 실질적인 손해는 훨씬 컸다.

그에 대한 문제가 점점 심각해지자 먹튀 범죄자들을 처벌하는 형벌도 만들어졌다.

기존의 벌금이나 징역형은 형벌의 수위가 낮고 헌터 클랜의 피해에 대한 보완책도 되지 않았기 때문에 새로운 형벌이 생겨난 것이었다.

해당 범죄자들은 재판을 받아 형을 선고 받게 되면, 그 기간 동안 관련된 클랜의 노예로 강제 노역을 해야만 했다.

안전한 감옥에서 공짜 밥을 주지 않겠다는 것이다.

이러한 법안이 시행되자 헌터 클랜과의 계약에서 문제를 일으킨 범죄뿐만 아니라 일반 범죄자들도 뉴 어스로 보내자는 서명운동이 벌어지기도 했다.

이 사안은 아직도 논란이 되고 있는데, 인권 운동가들은 범죄자도 인권이 있으니 생명을 위협 받는 이계에서의 강제 노역은 너무한 처사라는 주장을 펼쳤고, 강경론자들은 이계에 대한 공포심이 범죄율 하락에 도움이 될 것이라는 주장을 내세우며 서로 팽팽하게 대립했다.

"여기 있습니다."

"네. 그럼 잠시만 기다려 주세요."

계약서 작성을 마친 정진은 직원에게 접수하고는 앞으로의 계획에 대하여 생각해 보았다.

먼저 정진은 헌터 협회에 들러 5백만 원 중 일부를 보험에 가입할 생각이었다.

혹시나 자신에게 불의의 사고가 발생한다면 남은 가족들이 어느 정도 생활을 해 나갈 수 있도록 하기 위해서다.

헌터 협회에서 운영하는 보험에 관한 정보는 모두 어제 협회 직원이 알려준 것이었다.

가끔 고용인의 사고를 숨겨 잔금과 사고 보상금을 지급하지 않는 클랜이 있었기에 협회 차원에서 마련한, 일종의 임시 고용인에 대한 보호 정책이었다.

물론 대기업의 후원을 받는 노태 클랜이 그럴 일은 없을 것이라고 말하기는 했지만, 그래도 그건 모르는 일이었다.

더욱이 이번 일은 던전 탐사가 아닌가. 고용인에게 가장 많은 사고가 터지는 곳이 바로 던전 탐사를 하는 현장이었다.

일반적인 몬스터 사냥을 하는 헌터들에게 고용된 일꾼들은 신경 써서 보호를 받았다.

몬스터들의 사체 옮기는 일을 하는 일꾼이 죽게 되면 헌터들이 직접 날라야 하고, 그렇게 되면 자연 생존에 위협이 될 수밖에 없었다. 또 운반하는 양에도 한계가 생겨 제대로 된 수익을 얻을 수가 없었다.

때문에 자신의 보수를 제대로 정산 받기 위해서라도 일꾼들을 보호하는 것이었다.

하지만 던전 탐사에 동원되는 일꾼들은 그렇지 못했다.

물론 헌터들이 일행을 보호하기는 하지만, 가장 우선해서 보호하는 존재는 던전을 조사하는 조사관들이다.

대개 헌터들의 상급자인데다 탐사를 마치고 복귀할 때에도 일부 유물만 가지고 나오는 것이기에 일꾼들이 그리 많이 필요하지 않았다.

발견한 물건의 가치에 따라서는 헌터가 직접 던전에서 발견한 물건을 옮기기도 했다.

즉, 던전 탐사를 끝내고 복귀할 때는 굳이 일꾼이 필요한 상황이 아니란 것이다.

그렇기 때문에 던전 탐사의 일꾼들은 보호 순위에서 밀릴 수밖에 없었다.

아니, 보호는 고사하고 오히려 일꾼들을 미끼로 사용하지 않으면 다행인 경우도 있었다.

일부 헌터들은 위험한 상황에 처하게 되면 동행한 일꾼을 몬스터에게 미끼로 던져 주고 위기를 모면하기도 했기 때문이다.

그러한 소문을 들었기에 정진은 한 푼의 생활비가 아쉬운 와중에도 선급금의 일부를 보험금으로 사용할 생각이었다.

"이체 완료되었습니다. 그리고 혹시 출발 때까지 나타나지 않으시면 법적 조치에 들어가니 꼭 약속된 시간에 맞춰 나오시기 바랍니다. 혹시 마음이 바뀌어 취소하고 싶으면 선급금을 들고 금일 오후 여섯 시까지 접수하시면 됩니다. 그 시간이 이후로는 마음이 바뀌더라도 뉴 어스에 가야만 합니다. 잘 아시겠습니까?"

이체 작업을 끝낸 직원이 주의사항을 이야기해 주었다.

가끔 선급금을 받은 뒤 마음을 바꿔 포기하는 사람들이 있었다.

그럴 땐 어느 정도 기한 내에 선급금을 돌려주고 신청을 취소하면 간단하게 포기할 수 있었다.

하지만 접수 시한을 넘기게 되면 마음이 바뀌어도 어쩔 수 없었다.

뉴 어스로 가는 일은 클랜의 입장에서도 많은 비용이 들어가는 큰 규모의 사업이기 때문에 결원이 생긴 채 계획을 진행하게 되면 상황에 따라 어마어마한 손해가 생길 수도 있는 일이었다.

그런 까닭에 미리 세워놓은 계획대로 진행할 수 있도록 인원을 보충할 수 있는 시간적 여유가 지나면 더 이상 편의를 봐줄 수는 없는 것이다.

"그 이야기는 어제 헌터 협회에서 들었습니다. 모레 아침 8시 30분까지 꼭 오겠습니다."

자신 있게 대답하고 나가는 정진의 모습에 직원은 잠시 지켜보다가 곧 고개를 돌려 하던 일을 계속했다.

헌터 협회에 도착한 정진은 두리번거리며 내부를 살폈다.

어제 자신에게 설명을 해준 직원을 찾기 위해서였다.

직원이 보험 가입을 시키면 한 건당 일정한 수당이 지급된다는 것을 들었기에 보답하는 마음으로 그를 통해 보험을 맺으려는 것이었다.

잠시 후, 정진을 마침 식사를 하기 위해 자리에서 일어나는 어제의 직원을 발견했다.

"안녕하세요."

정진은 얼른 다가가 인사를 하였다.

"누구……."

구만수는 고개를 갸웃하며 물었다.

모르는 사람이 밝게 웃으며 다가와 인사를 하니 당황한 것이다.

그러다 혹시나 아는 얼굴인가 싶어 기억을 더듬어보았다.

"어제 대장장이 일로 구직 상담을 했던 정정진이라고 합니다."

"아, 예. 그런데 무슨 일로?"

구만수가 그제야 알아보자 정진은 미소를 지어 보이며 자신이 찾아온 이유를 말했다.

"예. 다름이 아니라 오늘 노태 클랜에 들러 일꾼으로 계약을 했습니다. 그래서 어제 말씀하셨던 보험에 가입하려고

왔습니다."

"아, 그러시군요. 잘되었다니 다행이네요. 여기 자리에
앉으세요."

다시 자리에 앉은 구만수는 보험 서류를 꺼내 보이며 설
명을 시작했다.

"이 보험은 헌터로 등록되지 않으신 분들의 혹시 모를
사고에 대비하는 것으로, 사망 또는 각종 사고에 대해 최대
1억까지 보장이 됩니다. 다만, 헌터들의 지시에 따르지 않
고 의도적으로 위험지역으로 들어갔다가 사고를 당하면 보
상 받을 수 없습니다. 제 말뜻 이해하셨습니까?"

구만수는 설명을 하다가 잠시 정진을 바라보며 물었다.

사실 안내 책자에도 나와 있는 내용이지만, 절차에 따라
반드시 직접 고지해야 하는 부분이었다.

신중하게 설명을 듣던 정진은 고개를 끄덕이며 대답했다.

"예, 모두 이해했습니다. 저… 그런데 헌터들이 거짓말
을 하면 어떻게 되는 것입니까?"

정진은 의문이 나는 부분을 물었다. 위험지역에 의도적으
로 들어간 것인지 정말 사고였는지를 판단하기가 애매할 것
같기 때문이었다.

"그건 걱정하시지 않아도 됩니다. 헌터들은 사냥을 하거

나 던전 탐사를 갈 때 의무적으로 항상 바디 캠을 착용하게 되어 있습니다."

정진은 그제야 고개를 끄덕였다.

본래 경찰들이 사용하던 바디 캠 착용이 헌터들에게도 의무화된 이유는 여러 가지가 있었다.

간혹 사냥터에서 돌아오는 헌터들을 습격하는 빌런들이 존재했는데, 그런 자들의 신상을 파악하기 위해 바디 캠 영상을 이용했다.

또 사냥한 몬스터를 제대로 신고하지 않고 일부를 몰래 빼돌려 밀거래를 하는 헌터들도 있었다.

그 때문에 정부에서는 헌터들의 정직한 세금 납부를 확인하기 위해서 바디 캠을 이용했다.

헌터들의 보호와 감시라는 다용도의 취지로 바디 캠을 활용한 것이다.

특히 던전 탐사의 경우에는 헌터뿐만 아니라 조사원부터 인부들까지 모든 인원이 바디 캠을 장착해야 했다.

뉴 어스의 던전에서 출토되는 아티팩트는 그 효용이 무척 대단했다.

그리고 과학적으로는 도무지 설명이 되지 않는 신비한 힘을 갖고 있기에 엄청난 고가에 팔렸다.

그러다 보니 밀거래를 막기 위해 정부에서 나서 던전 탐사에 참여하는 모든 사람들이 바디 캠을 착용해야 하는 의무 조항을 시행한 것이다.

이를 위반했을 시에는 던전 발굴권 자체를 국가에서 회수하고, 정부 조사관이 파견되어 예상 수익의 수천 배를 벌금으로 부과하였다.

던전을 발굴하는 과정에서 아티팩트를 빼돌려 이득을 본다는 생각 자체를 원천적으로 막겠다는 정부의 강력한 의지였다.

물론 그럼에도 불구하고 여전히 알게 모르게 밀거래는 이루어졌고, 심지어 몰래 던전을 도굴하는 행위 또한 끊이지 않았다.

걸리지만 않는다면 그야말로 엄청난 수익을 얻을 수 있기 때문이었다.

대략적인 설명을 들은 정진은 마음을 굳히며 입을 열었다.

"그럼 1백만 원짜리 보험으로 하겠습니다."

"정말요? 너무 큰 금액이지 않습니까?"

"예. 하지만 어제 설명해 주실 때 던전 탐사에 참여하는 일은 일반 사냥과 비교해 보험금에서 차이가 있다고 하지 않으셨습니까? 그것을 고려했을 뿐입니다."

"아, 그렇군요. 알겠습니다."

구만수는 혹시나 싶어 물어보았지만, 별다른 문제는 없기에 바로 수긍했다.

"네. 그럼 보험금으로 1백만 원 입금되었습니다. 해당 보험은 정정진 님의 노태 클랜의 던전 탐사대 취업에 대한 보험으로, 계약 기간은 1개월입니다. 맞습니까?"

"예, 맞습니다."

"던전 탐사의 위험에 대해서는 충분한 설명을 들으셨지요?"

"예, 들었습니다."

"정정진 님께서 탐사 도중 또는 귀환 간에 사고를 당해 사망하셨을 경우 보험금의 100배인 1억 원을 보험 수령인에게 지급하고, 부상을 당할 경우 부상 등급에 따라 차등 지급이 됩니다. 인지하셨습니까?"

"네, 인지했습니다."

"보험금으로 내신 1백만 원은 정정진 님께서 사고 없이 무사 생환을 하면 절반만 환급됩니다. 동의하십니까?"

"네, 동의합니다."

정진은 50만 원을 고스란히 버려야 한다는 생각에 가슴이 쓰리긴 했지만, 어쩔 수 없는 부분이었기에 동의를 했다.

"등록이 끝나면 계약을 취소할 수 없습니다. 등록하시겠습니까?"

"예, 등록하겠습니다."

"지금까지 보험 접수자인 저 구만수의 보험 설명을 모두 인지하였습니까?"

"예."

빠르지만 꼼꼼하게 이어지는 구만수의 질문들에 정진은 차분하게 대답을 해 나갔다.

번거롭다고 느낄 수도 있겠지만, 정진은 단어 하나 허투루 넘기지 않고 집중하여 들었다.

"감사합니다. 이제 보험 계약이 모두 완료되었습니다."

"이게 끝입니까?"

"그렇습니다. 혹시 더 살펴보실 용무가 있으신가요?"

구만수가 보험 증서를 출력해 건네주며 물었다.

"아니요. 더 이상 용무는 없습니다. 아, 혹시 헌터 아카데미 등록에는 어떤 것들이 필요한지 알 수 있을까요?"

정진은 이참에 헌터가 되는 것도 좋겠다는 생각이 떠올라 물었다.

"아, 헌터 아카데미요? 그건 여기⋯⋯."

구만수는 책상 한쪽에서 뭔가를 꺼내 정진의 앞에 놓았다.

그가 꺼내놓은 것은 헌터 아카데미의 안내 팸플릿이었다.

팸플릿을 살펴본 정진은 만족스런 미소를 지었다.

여타의 다른 사설 아카데미와 다르게 협회 직영의 헌터 아카데미 안내서에는 헌터라는 직업에 대한 위험성이 자세히 설명되어 있었다.

뿐만 아니라 하급 몬스터의 습성이나 초급 헌터들이 자주 접할 수 있는 몬스터에 관한 정보도 살짝 곁들여져 있어 정진에게 꼭 필요한 정보라 할 수 있었다.

사설 헌터 아카데미 중에는 몬스터가 얼마나 위험한 생물인지에 관해선 일절 설명하지 않고 그저 헌터가 돈을 많이 번다는 것과 이계에서 색다른 생명체를 사냥한다는 내용의 장밋빛 청사진만 적어 사람들을 현혹하는 곳도 많았다.

정진 또한 대장간에서 일하면서 헌터에 대한 많은 정보를 들었다.

헌터가 얼마나 꿈의 직업인지 떠드는 사람도 있고, 갈 곳 없는 막장들이나 택하는 직업이니 혹시라도 헛된 꿈 따윈 꾸지 말라고 경고를 하는 사람도 있었다.

하지만 누구나 동의하는 점은 헌터가 되기로 결정했다면 협회에서 운영하는 헌터 아카데미에 가는 것을 추천했다.

그곳이 그나마 헌터를 양성하는 시설 중 가장 믿을 만하다는 것이다.

팸플릿만 봐도 확실히 협회에서 운영하는 헌터 아카데미가 얼마나 알차게 헌터를 양성하는지 알 수 있었다.

"헌터는 굉장히 매력적인 직업이긴 하지만, 무척이나 위험한 직업이기도 합니다. 웬만한 각오가 아니라면 다른 직업을 찾아보시는 것이 훨씬 나을 겁니다."

구만수는 팸플릿을 뚫어져라 살피는 정진을 향해 말했다.

젊은 사람이 돈 때문에 괜히 헌터라는 위험한 직업에 뛰어드는 것은 아닌가 걱정이 되었던 것이다.

"저도 헌터가 얼마나 위험한 직업인지는 잘 알고 있습니다."

아버지가 얼마나 잘 나가던 헌터였는지 기억하고 있는 정진이다.

한데 그런 아버지조차도 한순간의 방심으로 장애를 갖게 되었다.

그 이후 아버지가 얼마나 힘든 삶을 살고 있는지 바로 옆에서 지켜봐 왔기에 정진은 헌터란 직업이 가진 어두운 그림자를 누구보다 잘 알고 있었다.

✝   ✝   ✝

일요일, 오전 8시 20분.

빵빵!

"빨리빨리 움직여!"

"수량 잘 확인했습니까? 배터리의 수량이 안 맞지 않습니까!"

노태 클랜 사무실 앞 주차장은 시장 바닥이 따로 없을 정도로 무척이나 시끄럽고 복잡했다.

정진은 예정된 시간보다 10분 정도 일찍 노태 클랜에 도착했다.

"휴, 그제보다 더 복잡하구나……."

뉴 어스로 출발하기 직전의 정신없는 모습을 보니 약간 긴장이 되었지만, 정진은 애써 잡념을 털어버리고는 주차장을 지나 사무실 안으로 들어갔다.

"안녕하십니까?"

크게 인사하며 사무실로 들어섰지만 정진을 신경 쓰는 사람은 아무도 없었다.

정진은 아무도 반응이 없자 주변을 살피다 그제 자신의
접수를 받아주었던 직원에게 다가갔다.

"안녕하십니까."

"아, 예. 안녕하세요. 무슨 일이죠?"

"예, 탐사 일꾼으로 접수했던 정정진이라고 합니다."

"아, 그러시다면 건물 밖으로 나가 박인수 과장님을 찾아
가세요. 그분이 정정진 씨가 할 일을 알려줄 것입니다."

직원은 할 말만 정확하게 하고는 다시 시선을 내려 업무
에 몰두하였다.

뉴 어스로 함께 떠나지는 않지만 사무실에서 처리할 업무
또한 매우 바쁜 모양이었다.

사무실을 나온 정진은 주변을 살폈다.

그러자 곧 주차장 한쪽에서 사람들에게 뭔가 지시를 내리
고 있는 사람이 눈에 들어왔다.

정진은 일단 관리자라 여겨지는 그에게 다가가 물었다.

"저… 박인수 과장님을 찾는데, 어디 계신지 알 수 있을
까요?"

"음, 누구지?"

한창 부하 직원들에게 지시를 내리고 있던 박인수는 처음
보는 얼굴의 청년이 다가와 자신을 찾자 고개를 갸웃거리며

물었다.

"예. 오늘 던전 탐사를 가는 팀에 일꾼으로 계약한 정정진이라고 합니다."

정진은 좋은 첫인상을 심어주기 위해 예의 바르면서도 힘 있는 목소리로 자신을 소개했다.

잠시 정진의 모습을 살피던 박인수는 곧바로 지시를 내렸다.

"그래? 그럼 일단 저기 저 건물 보이지?"

박인수는 사무실 옆으로 50m 정도 떨어진 건물 하나를 가리켰다.

"예, 보입니다."

"그곳이 탐사에 참여하는 일꾼들이 대기하는 곳이니, 일단 거기서 쉬고 있어. 일은 뉴 어스에 가서 시작되니 일단 지금은 대기해."

"알겠습니다."

박인수는 일꾼 대기소로 향하는 정진의 뒷모습을 잠시 지켜보다 다시 주변을 살피며 지시를 내렸다.

Chapter 3
베이스캠프 뉴 서울

웅성웅성!

"질서를 지켜주시기 바랍니다. 줄을 서세요."

신림동 게이트 앞.

이곳은 무척이나 분주하고 시끄러웠다.

오늘도 뉴 어스로 넘어가는 헌터들과 그런 헌터들을 상대로 장사를 하는 사람들로 북새통을 이룬 것이다.

더구나 오늘은 대형 클랜이라 할 수 있는 노태 클랜의 던전 탐사대가 출발하는 날이기에 아침임에도 불구하고 평소보다 활기가 넘치고 있었다.

"다음, 노태 클랜. 준비해 주시기 바랍니다."

게이트를 관리하는 헌터 협회 직원이 노태 클랜의 차례를
알렸다.

뉴 어스로 넘어가려는 헌터와 클랜들은 협회 직원의 확인
을 받고 난 후에 게이트를 이용해야 했다.

철컥, 철컥.

직원의 안내에 노태 클랜 소속 헌터와 던전 탐사대가 움
직이기 시작하였다.

그리고 그 안에는 조금 특이한 복장을 갖춰 입은 정진도
포함되어 있었다.

정진은 현재 커다란 등짐을 지고 있는데, 그 크기가 상당
하였다.

던전 탐사를 하는 클랜 조사관과 헌터, 그리고 일꾼들이
던전 체류 기간 동안 먹고 마실 식량과 음료는 물론이고,
임시 캠프를 차릴 장비와 캠프를 방어할 무기, 탐사 장비
등 많은 물품이 일꾼들의 등에 올려져 있었다.

그 크기만큼 무게도 상당해서 한 명당 300kg의 짐을 등
에 메고 있는 중이었다.

사실 보통 사람이 300kg의 등짐을 지는 것은 불가능한
일이었다. 아니, 그 절반인 150kg도 무리였다.

그런데 지금 정진이나 일꾼들은 긴장한 모습이긴 하지만

그리 힘든 표정은 아니었다.

그 이유는 다름 아닌, 특수한 장비를 착용하고 있기 때문이었다.

스켈레톤 슈트 또는 스켈레톤 아머라 불리는 장비로, 원래는 미국이 군용 장비로 연구하던 파워 슈트에서 파생된 물건이다.

이름이 슈트나 아머라고 붙여지기는 하였지만, 사실상 이건 로봇이었다.

다만, SF 영화에 나오는 것처럼 인공지능으로 움직이는 로봇이 아니라 사람이 직접 입고 조작하는 형태였다.

그리고 이 스켈레톤 슈트를 입게 되면 보통 사람도 초인처럼 무거운 물체도 들 수 있게 된다.

본래 미군은 무거운 장비를 나르는 항공 정비병이나 각종 작전에 투입되는 해병대원들을 지원하기 위해 파워 슈트를 연구하였는데, 게이트가 발생하고 인류 공동의 적인 몬스터가 나타나면서 새로운 전기를 맞이하게 되었다.

파워 슈트를 연구하던 방위산업체에서 군용으로만 한정을 두지 않고 헌터들이 사용할 수 있게 보편화한 것이다.

뿐만 아니라 무거운 장비를 나르는 중장비 대신 운용할 수 있다는 판단에 이제는 민간에도 판매가 되기 시작했다.

스켈레톤 슈트가 도입된 초기에는 전투를 위한 군장비로 분류되어 군인들만 사용하였으나, 뉴 어스에 진입한 군인들이 쉘터를 만드는 과정에서 이를 다양하게 활용할 수 있다는 것을 알게 되었다.

몇 십 명이 달려들어도 움직이기 힘든 통나무를 중장비도 없이 번쩍 들어 날랐기 때문이다.

이런 효과가 뒤늦게 알려지면서 세계 각국은 전투용 군장비로 분류했던 스켈레톤 슈트를 적극 활용하였다.

덕분에 쉘터를 만드는 데 있어서 상당한 시간과 물자, 그리고 많은 인명 피해를 줄일 수 있었다.

그 이후 스켈레톤 슈트는 사회 전반에 걸쳐 보편화되었고, 특히 군인은 물론이고 몬스터를 사냥하는 헌터, 그리고 무거운 물자를 나르는 짐꾼까지 모두 착용하게 되었다.

그리고 많은 나라들이 스켈레톤 슈트를 연구하고 발전시켜 이제는 강력한 위력을 낼 수 있는 전문가용 슈트가 개발되기에 이르렀다.

당연하게도 그런 제품들은 지금 정진을 비롯한 노태 클랜의 일꾼들이 착용한 것과는 엄청난 차이를 보였다. 물론 가격 면에서도.

어쨌든 정진은 노태 클랜으로부터 지급 받은 스켈레톤 슈트에 익숙해지려 노력하며 자신의 입장 순서를 기다렸다.

"게이트로 들어가 바로 움직이시기 바랍니다."

"아, 네."

게이트 입구에 멈춰 서자 대기하고 있던 헌터 협회 직원이 주의 사항을 알려주었다.

문제는 정진이 숙지하기도 전에 게이트 너머로 밀려들어 갔다는 것이었다.

'어?'

직원의 손길에 떠밀린 정진은 게이트 안으로 들어서자마자 느껴지는 이상한 감촉에 깜짝 놀랐다.

하지만 그것도 잠시.

"어서 움직이세요."

"앗, 네!"

갑자기 들려온 목소리에 정진은 얼른 정신을 차리고 앞사람의 등을 따라 걸었다.

정진이 이동하기 무섭게 또 다른 사람이 게이트를 넘어왔다.

이계로의 이동을 처음 경험하는 정진은 뭐가 뭔지 갈피를 잡을 수가 없었다.

그나마 다행스럽게도 열심히 앞사람을 쫓아 걸어가자 별

문제 없이 게이트를 빠져나올 수 있었는데, 그 순간 정진이 느낀 것은 지구에서는 맡을 수 없는 아주 깨끗한 자연의 향이었다.

한데 그 순간, 주변 상황을 살피던 정진의 눈에 이상한 모습이 들어왔다.

"허억! 허억!"

뉴 어스에 처음 온 일꾼들이 숨을 제대로 쉬지 못하는 듯 자리에 주저앉듯 쓰러져 거칠게 숨을 토해냈다.

"과호흡이다. 숨을 천천히 쉬어라!"

노태 클랜의 간부 한 명이 나타나 소리를 치며 손에 들린 산소호흡기를 쓰러진 일꾼들의 입에 가져다 댔다.

뉴 어스에 대해 이것저것 주의 사항을 들었지만, 막상 도착해 보니 그런 것은 전혀 도움이 되지 않아 보였다.

산소가 들어가자 그제야 정신을 차린 일꾼들은 천천히 숨을 쉬며 뉴 어스의 공기에 적응해 나갔다.

"자네는 괜찮나?"

"예, 괜찮습니다."

정진은 다른 일꾼들이 깨끗한 공기에 과민 반응을 일으킨 것과 달리 자신만 아무런 이상이 없자 고개를 갸웃거렸다.

한동안 휴식을 취하면서 일꾼들이 안정을 되찾자 간부가

지시를 내렸다.

"음, 이제 다들 날 따라오게."

게이트에서 벗어나 얼마를 걸었을까.

노태 클랜 탐사대가 도착한 곳은 커다란 컨테이너를 사무실로 사용하고 있는 장소였다.

"가지고 온 짐은 저기 한쪽에 가져다 내려두고 쉬도록."

정진은 지정해 준 장소로 이동하여 등에 짊어지고 있던 짐을 바닥에 내려놓았다.

쿵!

그제야 다른 일꾼들도 하나둘 짐을 바닥에 내려놓았다.

"조심해!"

그 순간, 짐을 내려놓고 있는 일꾼들의 뒤로 누군가 날카로운 목소리로 소리쳤다.

정진과 일꾼들은 움찔했다.

그 목소리의 주인이 누구인지 잘 알고 있기 때문이었다.

"그게 얼마짜리 장비인 줄 알고 그렇게 험악하게 다루는 거야! 너희 목숨보다 더 귀한 물건이다! 알겠나?"

삐쩍 마른 몸에 신경질적인 인상의 남자.

그는 이번 던전 탐사에 참여하는 조사관 중 한 명인데, 유독 성질을 부렸다.

아무리 짐 속에 중요한 물건이 있다지만, 해도 너무했다.

사람의 목숨보다 더 귀한 물건이라니, 대체 그런 것이 어디 있단 말인가. 하지만 그에게는 자신의 물건이 싼 가격에 계약할 수 있는 일꾼들보다 더 귀한 듯하였다.

그런 모습에 정진은 살짝 인상을 구겼다.

짐꾼들은 조사관의 힐난에도 별반 대꾸하지 않으며 한쪽에 모여 대기했다.

그러고는 조사원의 태도에 대해 불평을 늘어놓았다.

"참나, 내가 던전 조사를 몇 번 해봤지만, 저런 싸가지 없는 자는 또 처음이네."

먼저 말을 꺼낸 사람은 조금 전 조사관으로부터 직접 잔소리를 들은 사내였다.

40대 초반 정도 되어 보이는 사내였는데, 언뜻 보기에도 많은 경험을 한 듯 조금은 거칠어 보이는 사람이었다.

"팀에 저런 사람이 있으면 피곤한데 말이지……."

그는 피곤하다는 듯 고개를 흔들며 중얼거렸다.

정진도 그 말에 전적으로 동의했다.

자신이 대장간에서 일을 할 때도 그와 비슷한 유형의 사람이 있었다.

정진을 하찮게 여기며 종 부리듯 하던 이였는데, 별것 아닌 일에도 신경질을 부리고 자신보다 못하다 판단되는 사람을 골라 무시하고 괴롭히는 모습은 그리 다를 바가 없어 보였다.

그런 사람들은 꼭 팀에 분란을 일으켰다.

정진은 왠지 이번 던전 탐사가 결코 순조롭게 끝날 것 같지 않다는 생각이 들었다.

"그런데 이번 던전 탐사에 대해 뭐 들으신 것 있습니까?"

정진은 먼저 말을 꺼낸 사내를 돌아보며 물었다.

그나마 이곳에 모인 사람들 중 던전 탐사에 대해 많이 알고 있을 것 같았기 때문이다.

"음… 뭐, 나도 자세히 알고 있는 것은 아니지만 말이야……."

주변에 있던 일꾼들이 모두 그의 목소리에 귀를 기울였다.

사실 내심 모두가 궁금해하던 차였기에.

자신이 주목 받는다는 느낌에 사내는 살며시 미소를 지으며 입을 열었다.

"내가 잠깐 듣기로는, 마법사의 연구소라는 것 같더라고. 그래서 혹시나 마법 물품이 있는지 알아보기 위해 조사를 한다더군. 만약 그런 물건이 몇 개만 나와도 이번 탐사는 성공이나 다름없으니 말이야."

사내는 마치 자랑하기라도 하듯 이야기를 꺼냈다.

정진은 무슨 대단한 이야기라도 하는 양 말하면서 내용은 별것 없다는 것을 깨닫고는 곧 관심을 껐다.

그런 후, 컨테이너 사무실을 잠시 돌아보다 다시 고개를 돌려 베이스캠프인 뉴 서울 전경을 살펴보았다.

평지에 세워진 베이스캠프라 그런지, 뉴 서울의 풍경이 한눈에 보였다.

이곳이 지구가 아니라는 사실을 다시금 느끼며 정진은 주변 풍경을 살폈다.

그때, 정신의 시선을 끄는 것이 있었다.

노태 클랜 사무실 한쪽에 있는 커다란 물체.

5m 정도 크기의 인간형 장비는 바로 대몬스터 병기인 아머드 기어였다.

사람이 내부에 탑승해 운용할 수 있는, 일종의 로봇이라 할 수 있는 것이었다.

스켈레톤 슈트와 마찬가지로 게이트 발생 후 등장한 무기였다.

미국을 비롯한 각국의 군대는 아군을 보호하면서 상대를

압도할 수 있는 장갑 무기에 대한 연구를 꾸준히 해왔다.

하지만 무게와 에너지원에 대한 문제로 인해 막다른 길에 처해 있었다.

그러다 게이트란 것이 발생하고 몬스터의 존재가 나타나면서 연구에 진전이 이뤄질 수 있었다.

몬스터의 사체에서 고효율 에너지원인 마정석을 발견하면서 일대 전환이 일어난 것이다.

더욱이 몬스터의 가죽이 가벼우면서도 방탄 효과를 가지고 있다는 사실이 알려지면서 아머드 기어의 장갑에도 크게 활용되었다.

하지만 문제는 다른 곳에 있었다.

정작 개발에 성공한 아머드 기어를 사용할 만한 곳이 별로 없다는 점이었다.

몬스터의 등장 이후, 세계 각국은 인류의 생존을 위해 서로 손을 잡았다.

세계 곳곳에서 벌어지던 분쟁이 사라지고, 화해 무드가 형성된 것이다.

몬스터라는 공동의 적 앞에서 인간끼리 분열을 일으켰다가는 곧 멸망이란 결과로 이어질 것이 분명하기에 이는 일사천리로 진행되었다.

전쟁이 사라지니 아머드 기어가 활약할 만한 일도 없어 보였다.

하지만 곧 아머드 기어의 가치를 증명하는 사건이 발생했다.

몬스터 웨이브.

갑작스레 터져 나온 충격적 사건.

게이트 발생 초반, 인간은 몬스터라는 미지의 존재를 접하며 큰 혼란을 겪었다.

하지만 차츰 몬스터에 대해 익숙해지며 그에 대한 대응 매뉴얼이 갖춰져 나갔다. 그러다 보니 몬스터에 대한 경각심도 옅어져 가며 안일한 마음이 생겨났다.

당연하게도 그 대가는 컸다.

소위 몬스터 웨이브라 불리는 현상이 발생한 것이다.

평소와 달리 끝없이 밀려 나오는 몬스터의 물결.

당연하게도 그에 대한 대처는 불가능했다.

많은 사상자가 발생하고 피해가 눈덩이처럼 불어날 즈음, 지원 병력이 도착했다. 그리고 그중에는 개발을 마친 아머드 기어 또한 포함되어 있었다.

아머드 기어는 눈부신 활약을 펼쳤다.

인간을 학살하던 몬스터들에게 준엄한 심판의 철퇴를 내

렸다.

수없이 많은 몬스터가 게이트에서 쏟아져 나와도 아머드 기어 앞에서는 별 힘을 쓰지 못했다.

육중한 중량과 강력한 장갑, 막강한 파워를 기반으로 몬스터들을 한순간에 쓸어버렸다.

아머드 기어가 없었다면 인류에게는 대재앙이 되었을 몬스터 웨이브지만, 오히려 아머드 기어의 가치를 입증해 주는 사건이기도 했다.

그 뒤로 아머드 기어는 대몬스터 병기로 각광 받으며 많은 생산이 이루어졌다.

하지만 모두가 같은 성능을 가진 것은 아니었다.

각국의 기술력에 따라 편차가 있는 것은 당연했다.

먼저 미국을 필두로 독일, 일본 등 기술 선진국들이 아머드 기어를 자체 개발하는 데 성공하고 제품을 생산하였다.

대한민국도 아머드 기어를 개발하는 데 성공했지만, 이들 선진국들에 비해서는 성능이 많이 떨어졌다.

그렇기에 중요 그룹이나 클랜에서는 성능이 뛰어난 외국 제품을 수입해 쓰는 형편이었다.

지금 정진이 보고 있는 아머드 기어 역시 일본에서 개발된 무사시 Ⅱ란 이름의 제품이었다.

무사시 Ⅱ는 2세대 장비에 해당되는 모델로, 35톤의 중급(中級) 아머드 기어였다.

정진은 아머드 기어가 사용하는 대형 방패와 무기를 수선한 적이 있기에 간략하게나마 아머드 기어에 대해서 알고 있었다.

훨씬 싼 가격에 수리를 할 수 있기에 많은 헌터 클랜에서는 아머드 기어의 장비 수선에 일반 대장간을 이용하였다.

정진이 있던 대장간 역시 이런 영세 클랜들을 대상으로 장사를 했기에 전혀 낯설다고는 할 수 없었다.

물론 정진으로서는 2세대 아머드 기어를 보는 것은 처음이었다.

영세 클랜이 이용하는 아머드 기어는 기껏해야 1세대 수준이던 것이다.

2세대 아머드 기어, 무사시 Ⅱ의 위용을 새삼 느끼며 정진은 자신이 위험한 지역에 왔음을 자각했다.

"뭘 보고 있는 거야?"

그러는 사이, 40대 남자가 다가와 말을 걸었다.

"아, 아머드 기어에 관심이 있나 보지? 우리가 가게 될 던전에도 아머드 기어가 있을 테니, 구경하는 재미는 있겠군."

"그게 정말인가요? 던전 탐사에 아머드 기어가 필요합니까?"

"그야 당연하지. 여기서 열흘이나 떨어진 곳이라고 하는데, 헌터들이 어떻게 그곳을 발견했겠어? 아마도 사냥을 하다가 우연히 발견했겠지."

남자는 자신의 추리를 늘어놓으며 자랑하듯 설명해 주었다.

"아머드 기어 없이는 절대로 먼 거리까지 사냥을 나가지 않아. 아머드 기어도 없이 나갔다가 중급 이상의 거대 몬스터와 만나면 그 순간 전멸하고 말 테니 말이야."

남자는 그런 일은 상상하기도 싫다는 듯 몸을 부르르 떨며 진저리를 쳤다.

정진은 잘 이해가 가지는 않았지만, 고개를 끄덕일 수밖에 없었다.

사실 정진은 중급 이상의 몬스터를 본 적이 없었다.

아니, 중급은커녕 몬스터를 직접 대면한 경험이 전무했다.

그도 그럴 것이, 지구를 벗어나 본 적이 없으니 몬스터의 등급이나 장거리 사냥, 아머드 기어 같은 이야기는 자신과 상관없는, 먼 이야기였던 것이다.

뉴 어스로 넘어온 지 시간이 꽤 지났지만, 던전 탐사는 여전히 이루어지지 않았다.

원래대로라면 뉴 서울에 도착해 점심을 먹고 바로 던전으로 출발을 해야 했다.

하지만 탐사 계획은 초반부터 꼬이고 말았다.

던전 탐사대를 보호해야 할 헌터팀이 사냥 복귀 중 사고를 당한 것이다.

헌터 일부가 부상을 입어 결원이 생기자 경호에 구멍이 뚫려 버렸다.

노태 클랜처럼 대기업이 후원하는 헌터 클랜에서, 그것도 던전 탐사를 위한 대규모 탐사대에서 이런 사고가 발생하는 일은 거의 없는 일인데, 이는 누구도 예상치 못한 일이었다.

그 때문에 오후에 출발하려던 계획은 전면 수정이 되었다.

노태 클랜에 속한 다른 헌터팀이 복귀할 때까지 이곳 뉴 서울에서 대기하기로 계획이 변경된 것이다.

이는 정진을 포함한 일꾼들에게 그리 나쁜 일은 아니었다.

탐사 기간이 늘어날수록 수익도 증가할 것이기에.

그런 이유로 숙소에서 편히 쉬고 있는데, 일꾼 중 한 명이 찾아와 정진을 불렀다.

"정진 군, 우린 이곳 구경을 갈 예정인데, 자넨 같이 안 가려나?"

"음, 저도 갈게요."

숙소에 혼자 남아 있어봐야 딱히 할 것도 없었기에 정진도 베이스캠프 밖을 나가보기로 했다.

예전 아버지가 활동하던 뉴 어스가 과연 어떤 곳인지 호기심이 든 것이다.

정진을 포함한 일행은 숙소를 나와 거리를 걸었다.

"저곳은 뭐하는 곳입니까?"

정진은 지구와는 아주 다른 분위기가 느껴지는 뉴 서울을 흥미로운 눈으로 쳐다보았다.

"아, 저긴 여기 뉴 서울 자치대 건물이야. 지구로 치면 사설 경찰 정도 되지."

조금 더 가까이 다가가 살펴보니 정말로 그랬다.

하지만 정진은 선뜻 이해가 가지 않았다.

뉴 어스에 사설 경찰이 필요한 이유가 무엇인지 알 수 없던 것이다.

"사설 경찰이라니, 그런 것도 있습니까?"

뉴 어스에 처음 오게 된 다른 사람들도 궁금했는지 누군가가 물었다.

"응. 사실 이곳은 정부에서 독자적으로 만든 게 아니라 대기업과 손을 잡고 개척한 터라 공권력을 100% 행사할 수가 없어. 하지만 그렇다고 치안을 그냥 방치해 둘 수도 없지. 그래서 생각해 낸 것이 바로 사설 경찰 조직이야."

"아, 정말 그렇겠네요."

100% 완벽하게 이해한 것은 아니지만, 정진은 어느 정도 상황을 이해할 수 있었다.

만약 정부에서 주도해 이곳 뉴 서울을 건설했다면 당연히 관리도 담당했을 테지만, 현실은 그렇지 못했다.

워낙 많은 예산이 투입되어야 했기에 대기업을 끌어들일 수밖에 없었고, 그런 이유로 어느 정도 편의를 인정할 수밖에 없게 된 것이다.

여러 우여곡절을 거치며 마침내 베이스캠프가 완성되자 당연히 문제가 발생했다.

어디에나 문제를 일으키는 사람은 있는 법.

이곳 뉴 서울에서 일부 헌터가 문제를 일으키자 통제할 수단이 마땅치 못했다.

월등히 뛰어난 무력을 갖춘 헌터나 헌터 클랜을 상대로 일반 경찰이 할 수 있는 제재는 그 한계가 명확했다.

하지만 그렇다고 군대를 파견할 수도 없는 일이었다.

군대를 파견하게 되면 그 이후로는 사태를 되돌릴 수 없기 때문이다.

게다가 뉴 어스로 진출한 헌터들의 무력은 군대에 못지않았기 때문에 자칫 심각한 문제가 될 수 있었다.

헌터들은 단순히 파워 슈트의 성능만으로 강력한 힘을 드러내는 존재가 아니었다.

그들은 헌터가 되기 위해 각자의 특기를 살린 전문적인 훈련을 혹독하게 받아야만 했다.

사실 몬스터 사냥을 하는 사람들을 통틀어 헌터라 부르지만, 세부적으로 들여다보면 여러 가지 특징들이 존재했다.

강력한 육체 능력을 지닌 헌터, 이능을 발휘하는 헌터, 그리고 아머드 기어처럼 특수 장비를 운용하는 군 출신 헌터 등 다양했다.

이런 헌터들을 대상으로 치안을 유지하려면 그에 필적할 만한 능력을 갖춘 자들이 필요했고, 결국 베이스캠프를 운영하는 자치 위원회에서는 치안 유지를 위해 사설 경찰을 창설하기에 이르렀다.

엄밀히 따지자면, 이들도 사실 헌터나 마찬가지였다.

다만, 뉴 서울 밖으로 나가 몬스터를 사냥하는 것이 아니라, 범죄를 저지르는 헌터나 헌터 클랜을 상대한다는 것이 다를 뿐이었다.

당연히 자치대의 무장은 웬만한 대형 헌터 클랜보다 월등했다.

베이스캠프를 운영하는 주체가 바로 대형 클랜 연합이며, 베이스캠프 내의 질서를 바로잡아야 이익이 보장되기 때문에 강력한 성능은 필수적이었다.

정진은 뉴 서울 자치대 건물 안쪽에 보이는 아머드 기어들을 보며 감탄을 하였다.

노태 클랜의 마당에서 본 무사시 Ⅱ 역시 위압감이 장난이 아니었는데, 자치대의 아머드 기어는 그보다 더 뛰어나 보였다.

그런 정진의 감탄을 이해한다는 듯이 남자가 설명을 덧붙였다.

"이곳 뉴 서울의 자치대는 독일의 최신형 아머드 기어인 예거 2를 무려 열 대나 보유하고 있지."

그는 원래 헌터였는데 너무 위험한 것 같아 그만두고 계약직으로 가끔 일을 한다고 하였다.

하지만 정진이 보기에 그 말은 왠지 허풍 같았다.

사실 말이야 바른말이지, 비록 헌터보다 안전하다고는 하지만 어차피 뉴 어스에서 일한다면 위험하기는 오십보백보였다.

몬스터를 상대로 사냥만 하지 않을 뿐, 던전 탐사를 하거나 헌터들을 따라 베이스캠프를 벗어나게 되면 무력이 떨어지는 일꾼들이 되레 더 위험할 수도 있었다.

그런데 어째서 계약직 일꾼을 한단 말인가.

정진은 아마도 자랑을 하고 싶은 마음에 헌터였다고 거짓말을 하는 것이 분명하다고 생각했다.

뭐, 정말 헌터였어도 정진으로서는 별 상관이 없는 일이지만.

그것이 사실이든 아니든 남자가 말해주는 정보들은 나름 유용하기도 하고 재미있기도 하여 정진과 일행은 그에게 안내를 맡기며 뉴 서울을 구경했다.

자치대 건물을 지나니 내성 입구가 나왔다.

뉴 서울은 게이트를 중심으로 커다란 벽이 마치 성벽처럼 둘러쳐져 있었다.

그리고 그 벽을 경계로 내성과 외성이 구분되었다.

사실 성이라 불릴 만한 건물이 없기에 내성과 외성으로

구분하는 것이 뭔가 이상하기는 했지만, 정진은 그냥 그런 가 보다 하고 받아들였다.

외성에 들어서니 내성과는 다르게 무척이나 활기찬 분위기가 느껴졌다.

아니, 조금은 시끄러운 것이, 이제야 이곳도 사람 사는 곳이라는 느낌이 들었다.

마치 판타지 영화나 중세 기사 영화에 나오는 성내 모습과 비슷했다.

물론 100% 중세와 똑같은 형태는 아니지만, 전봇대나 고층 빌딩 같은 것이 전혀 보이지 않는 것만 해도 지구와는 확연히 달랐다.

정진과 일행은 외성 벽에 다닥다닥 붙어 있는 술집으로 들어갔다.

마침 술집 안은 헌터들과 정진과 같은 일꾼들로 북적거렸다.

동시에 사방에서 저마다 술에 취한 듯 이야기를 해 대고 있었다.

"그 이야기 들었어?"

"무슨 이야기?"

"마법사의 던전이 발견되었다는 소식 말이야."

"아, 그 이야기. 그런데 정말 사실이야?"

정진은 던전이라는 소리에 고개를 돌려 말을 꺼낸 사람들을 살폈다.

마법사의 던전이라니, 설마 자신이 가려는 던전을 말하는 것인가 싶어 신경이 쓰인 것이었다.

자신은 아직 던전에 대해서 잘 알지 못하는데, 혹여나 쓸 만한 정보를 얻을 수 있지 않을까란 생각에 그들의 대화에 귀를 기울였다.

"북쪽에 있는 흰머리산 어딘가에서 던전이 발견되었는데, 그게 마법사의 연구소라고 하더군."

"그게 정말이야? 사실이라면 그걸 발견한 헌터나 클랜은 엄청난 부자가 되겠는데? 젠장, 나한텐 그런 행운이 안 떨어지나……."

"꿈 깨. 그런 건 대형 클랜에서나 가능한 일이야. 막말로 발견을 한다고 해도 그 정보가 새어나가기라도 하면 네 목숨은 장담할 수 없는 판국이야."

"하긴… 우리처럼 힘없는 헌터들은 그저 떨어지는 떡고물이나 없는지 살피는 것이 최선이지……."

이름 모를 헌터들이 그렇게 이야기를 나누고 있을 때, 정진 일행의 표정은 저절로 굳어졌다.

뉴 서울에서 북쪽이라면 바로 자신들이 가게 될 던전 방향과 일치했다.

즉, 조금 전 헌터들이 떠들던 이야기가 어쩌면 노태 클랜이 탐사하려는 던전일 수도 있다는 의미였다.

비록 얼마 못 가 알려질 공공연한 비밀이라지만, 어찌 되었든 탐사 전에 던전에 대한 소문이 나서 좋을 것은 없었다.

만약 빌런들이 소문을 듣게 된다면 분명 탐사대를 노릴 것이 분명했다.

마법사의 유품이나 마법이 담긴 아티팩트를 탈취한다면 상당한 수입이 되기 때문이다.

실제 마법 물품 개당 가격은 아무리 적게 잡아도 10억 원 이상이었다.

지구에서 만들어진 대몬스터용 물건도 수천만 원에서 수십억 원에 이르는데, 뉴 어스에서 발견한 아티팩트라면 부르는 것이 값일 정도로 엄청난 보물인 것이다.

그중에서도 상처를 회복시켜 주는 힐링 마법이 담긴 반지나 목걸이 등은 더욱 높은 가격이 매겨졌다.

부자들이 무조건 사들이는, 가장 인기 있는 물건이기 때문이었다.

일례로 미국의 유명한 헌터 클랜 중 하나인 트라이던트 클랜은 몬스터 헌팅을 하던 중 우연히 던전을 발견하였는데, 그곳에서 많은 보물을 얻었다.

한데 그중 특별한 힘을 가진 물건이 하나 있었는데, 그것이 바로 그 유명한 '여신의 축복'이란 이름의 목걸이 아티팩트였다.

이 목걸이가 여신의 축복이란 이름을 가지게 된 이유는 아름답다는 이유도 있지만, 그것을 목에 걸치고만 있어도 모든 스트레스가 사라지고 이상 있는 부위가 치유된다는 효과 때문이었다.

처음 그런 사실을 모른 채 보석 자체의 가격과 디자인 등을 고려하고 이계에서 가져왔다는 점까지 더해서 240만 달러에 거래가 되었는데, 나중에 마법 아티팩트란 것이 밝혀지면서 그 가격은 무려 1,000배가 올라 24억 달러라는 천문학적인 금액에 되팔렸다.

이렇듯 치유 효과가 있는 마법 물품의 가격은 천문학적인 가격에 거래가 되었는데, 여신의 축복 외에도 '치유의 반지'라든지 '치유의 목걸이' 등도 상당한 가격에 거래가 되었다.

그러다 보니 마법사의 던전은 어지간한 헌터나 클랜의 전력으로는 탐사하는 것이 불가능했다.

빌런의 습격 때문에 던전을 제대로 탐사할 수도 없고, 오히려 피해를 입기 일쑤였다.

그래서 힘이 없는 헌터나 클랜은 차라리 대형 클랜이나 정부에 알리고 협상을 하여 일정 수익을 분배 받는 방법을 취했다.

사실 정진이 가게 될 던전도 그와 같은 경우라 할 수 있었다.

던전을 발견한 클랜이 정부에 신고한 것을 노태 그룹에서 개발권을 사들여 산하의 노태 클랜에 조사를 시킨 것이었다.

처음 던전을 발견한 헌터 클랜에서 마법사의 던전이란 증거로 약간의 아티팩트를 가져왔는데, 그것만으로는 던전 개발에 대한 예상 수익에 대한 값을 정확하게 측정하기 힘들었기 때문에 우선 개발권을 획득한 노태 클랜에서 조사를 하기 위해 탐사대를 꾸린 것이었다.

그런데 그 던전에 관한 정보가 이미 뉴 서울에 상당히 퍼져 있는 것 같아 일행은 이번 탐사의 안전이 걱정되었다.

정진도 덩달아 걱정이 되었다.

그래도 경험이 있는 남자의 표정이 좋지 않은 것을 보니 이번 탐사가 결코 쉽지 않을 것이란 예상을 할 수 있었다.

"다들 일어나지."

일행의 우두머리 역할을 하는 남자가 말하자 정진을 비롯한 일행이 모두 그의 말에 따라 자리에서 일어났다.

아직 늦은 시간은 아니지만, 괜히 불안한 마음이 들어 숙소로 돌아가기로 했다.

Chapter 4
던전을 향해서

아침 일찍부터 짐을 꾸린 정진과 일꾼들은 일행을 인솔하는 헌터를 따라 뉴 서울의 북쪽 관문 앞에 섰다.

드디어 결원이 생겼던 헌터 자리가 대체 인력으로 메워졌고, 오늘은 노태 클랜이 본격적인 던전 탐사를 떠나는 날이었다.

문 앞에 모여든 이들의 얼굴은 긴장한 표정이 역력했다.

저 문 너머에는 어떤 위험이 도사리고 있는지 알 수 없었기 때문이다.

하지만 막연한 두려움은 있을지언정 몬스터나 습격에 대한 공포는 거의 없었다.

던전 탐사대 중간 중간에 위치해 있는 헌터들이 두려움을 한결 덜어준 탓이었다.

그리고 던전을 탐사하는 주체가 대형 클랜인 노태라는 점도 이들의 불안감을 어느 정도 해소해 주었다.

술집에서 던전에 대한 소문을 들었을 때만 해도 불안한 마음이 들기도 했지만, 지금은 아니었다. 만약 정말로 정보가 새어 나가 빌런들이 습격해 온다고 해도 이 정도 전력이라면 무리 없이 막아낼 수 있을 것 같았다.

위잉! 위잉!

요란한 사이렌 소리가 울리고, 드디어 베이스캠프를 막고 있던 문이 열리기 시작했다.

몬스터의 침입을 막기 위해 튼튼하게 지어진 문이 기계의 힘에 의해 열리고, 선두에 서 있던 노태 클랜 소속의 아머드 기어가 캠프 밖으로 나가 사주경계를 하기 시작하였다.

그리고 그 뒤를 이어 헌터들이 줄지어 나가고 차례대로 던전 탐사를 위한 조사관들이 움직였다.

그런데 꽤나 떨어진 거리에도 불구하고 탐험대는 별다른 이동 수단 없이 이동했다.

아니, 이동 수단이 보이기는 하지만, 그건 체력이 약한 조사관들과 물품을 실은 달구지가 전부였다.

사실 이곳 뉴 어스에서는 자동차를 운용하지 않았다.

그 이유는 자동차를 운행할 때 나는 엔진 소리에 몬스터들이 반응하기 때문이다.

처음 뉴 어스에 도착한 헌터들은 그러한 사실을 모른 채 트럭 등을 이용하다 엔진 소리를 듣고 다가온 몬스터의 습격을 받아 많은 피해를 입었다.

그 뒤로 자동차는 뉴 어스에서 자취를 감추었다.

만약 자동차를 이용할 수만 있었다면 베이스캠프는 엄청나게 많이 늘어났을 것이고, 넓은 땅을 확보했을 것이다.

하지만 뉴 어스는 결코 만만한 땅이 아니었다.

총기류의 무기처럼 엔진을 이용하는 운송 수단도 득보다는 실이 더 컸다.

그런 이유로 유용할 것이 분명하지만, 뉴 어스에서는 일절 자취를 감추게 되었다.

그래서 지금 조사관들은 노태 클랜 소속의 아머드 기어에 연결된 달구지에 올라타고 이동을 하는 것이다.

사실 처음 달구지를 아머드 기어에 연결하여 이동한다고 했을 때, 아머드 기어를 운용하는 헌터는 크게 반발을 했다.

그도 그럴 것이, 최정예에 속하는 아머드 기어의 오너인 자신을 택시 기사 정도로 평가하는 조사관이나 클랜 지도부의 태도에 반감을 가진 것이다.

하지만 언제나 그렇듯 돈에는 장사가 없었다.

특별 수당을 더 챙겨준다는 말로 억지로 무마한 것이었다.

대신 일꾼들은 달구지에 타는 것이 거부되었다.

이는 헌터들의 자존심 문제도 있지만, 조사관들 쪽에서 먼저 함께 달구지를 탄다는 것을 꺼려했기에 바로 받아들여졌다.

비록 그 때문에 일정은 더욱 늘어나겠지만, 조사관들이 상관할 바는 아니었다.

자신들의 일은 마법사의 던전이 맞는지, 맞다면 얼마나 개발 수익이 발생할지를 조사하는 것이었기에 계약직들의 어려움은 상관할 문제가 아니었다.

쿵! 쿵!

아머드 기어가 걸을 때마다 작은 진동이 있었지만, 그 정도로는 몬스터를 끌어들이지 않았다.

아니, 소리를 듣고 몬스터가 온다고 해도 아머드 기어의 덩치를 보고 감히 덤벼들지는 못할 것이다.

"오늘은 여기서 쉬도록 한다!"

노태 클랜의 던전 탐사대는 여덟 시간을 이동하고 넓은 공터가 나오자 자리를 잡았다.

"왜 더 가지 않고 쉬는 것이오?"

이른 시간에 야영할 장소를 정하자 조사관 중 한 명이 경호 책임자에게 물었다.

"더 이동을 하게 되면 이 인원이 한꺼번에 야영할 만한 장소가 없습니다. 이른 시각이지만 오늘은 이곳에서 야영을 하고, 내일 조금 일찍 다음 장소로 이동할 것입니다."

경호팀장이 야영 지시를 내리기 무섭게 헌터들은 일제히 움직여 자리를 잡았다.

네 대의 아머드 기어는 전후좌우 사방을 경계하며 자리했고, 두 대의 아머드 기어는 주변에 널려 있는 통나무들을 모아 벽을 세웠다.

아무래도 이곳은 사냥을 나가는 헌터들이 야영을 위해 마련해 둔 야영장인지 바닥이 넓고 평탄했으며 몬스터의 침입에 대비하기 위해 간이 방벽이 쳐져 있었다.

그 사이의 비어 있던 공간에 아머드 기어가 자리하자 완벽한 방책이 만들어졌다.

헌터들이 방책을 만들고 있을 때, 정진과 일꾼들은 등에

지고 있던 짐을 내려놓고 텐트를 설치했다.

탐사 중 야영을 해야 하는 상황이 닥치면 헌터들은 방책을 만들어 주변을 경계하고, 일꾼들은 헌터와 조사관들이 쉴 텐트를 치고 일부는 식사 준비에 투입되었다.

그렇게 모든 일들이 끝난 뒤에야 짐꾼들은 자신들이 휴식을 취할 텐트를 쳤다.

이것은 사전에 약속된 바였기에 정진을 비롯한 일꾼들은 별 불만을 갖지 않고 묵묵히 자신들이 할 일을 해나갔다.

식사 준비라고 해봐야 이미 조리가 다 된 것을 데우는 정도였기에 시간이 그리 오래 걸리지도 않았다.

물론 발열 팩이 붙어 있는 조리 식품도 있지만, 그것은 상대적으로 맛이 떨어졌기에 출발 첫날부터 그것을 찾는 조사관이나 헌터는 아직 없었다.

하지만 베이스캠프와 멀어져 몬스터의 출몰이 잦은 지역에 들어가게 되면 더 이상 조리를 해서 식사를 해결할 수가 없었다.

음식 냄새를 맡고 몬스터들이 몰려올 수도 있는 탓이다.

그러니 베이스캠프와 얼마 떨어지지 않은 이곳에서는 조리를 하여 식사를 하고, 이후로는 발열 팩을 이용한 즉석 식품을 섭취하다가 마지막으로 던전에 가까워지고 즉석 식품이 모두 떨어졌을 때는 조리가 다 되어 있는 간단 식품을 소비한다는 예정이었다.

즉, 오늘의 식사는 탐사 초기에 누릴 수 있는 마지막 호사라 할 수 있었다.

잠시 후, 한쪽에 텐트가 꾸려지고 또 다른 쪽에는 식사가 준비가 되었다.

정진은 식사 준비가 끝나자 완성된 음식들을 조사관과 헌터들에게 가져다주었다.

그들에게 식사를 모두 전달한 뒤, 남은 음식들로 정진과 일꾼들은 끼니를 해결하였다.

비교적 빠르게 야영을 시작하였기에 식사를 마치고 뒷정리까지 끝낸 후에도 시간이 좀 남았다.

주어진 일을 모두 마친 정진은 딱히 할 것이 없어 이계의 밤하늘을 멍하니 올려다보았다.

드디어 본격적으로 이계를 경험하게 된 것이다.

베이스캠프인 뉴 서울에서도 지구와 다른 특이한 풍경이 낯선 느낌을 주기는 했지만, 그리 신기하다고 할 만한 것은 없었다.

하지만 방벽을 나와 야영을 하는 지금은 지구에서 경험해 보지 못한, 야생으로부터 느껴지는 무언가가 있었다.

이곳에 오면서 숨을 들이쉬고 내쉴 때마다 무척이나 시원해지는 느낌을 받은 것이다.

마치 찌든 때가 씻겨 나가는 것처럼 가슴이 맑아지는 느낌이었다.

또한 가만히 주변을 살피다 보면 피부가 따끔거릴 정도로 감각이 예민해지는 것을 느낄 수 있었다.

정진은 뭔가 말로 형언할 수 없는 상쾌한 느낌과 함께 감각이 예민해지자 신기한 생각이 들었다.

'뭐지? 다른 사람도 나와 같은 느낌일까?'

정진은 자연스럽게 주변을 살펴보았다.

아무래도 이런 느낌은 자신만 느끼는 것은 아니었는지 고개를 갸웃거리는 동료 일꾼들의 모습이 정진의 눈에 띄었다.

정진이 이계인 뉴 어스에 오면서, 아니, 베이스캠프를 벗어나 탐사를 하면서 느낀 이상한 경험은 그 이후로도 계속되었다.

첫날 야영을 하면서부터 시작된 심신이 맑아지는 느낌은 노태 클랜을 따라 던전에 가까워질수록 더욱 진해졌다.

물론 정진은 자신이 이런 느낌을 받는다는 것을 다른 사람에게는 말하지 않았다.

괜히 이상한 오해를 받을 수도 있는 일이기에 그저 다른 사람들도 자신과 같은 느낌을 받는지 은근히 물어보았다.

하지만 다른 사람들은 상쾌한 기분이 드는 정도만 느끼고 있었다.

정진은 자세한 사정은 알 수 없지만, 그것이 자신이 느낀 상쾌함과는 다른 반응이란 것은 알 수 있었다.

정진은 왜 자신에게만 이런 현상이 나타나는 것인지 조금 의아했지만, 해가 되는 느낌은 아니기에 그냥 자신만 아는 것으로 하고 넘어갔다.

며칠간 행군을 계속한 탐사대는 평원을 지나 이제 밀림으로 들어서게 되었다.

당연히 탐사대의 하루 이동 거리는 처음보다 더욱 줄어들었다.

빽빽이 자란 나무와 풀들로 인해 이동에 어려움이 발생한 탓이었다.

특히 탐사대의 안전을 책임지던 아머드 기어가 밀림에 들어오고 난 후로는 큰 덩치로 인해 이동을 어렵게 만드는 주범이 되었다.

시야 확보에도 어려움이 생기다 보니 탐사대의 안전에 비상이 걸렸다.

경호를 하는 헌터가 많다고는 하지만 그래도 비전투원인 조사관과 일꾼들을 모두 보호하기란 여간 힘든 것이 아니었다.

아직 탐사 초반이라 탐사대 인원에 손실이 발생하면 상황은 더욱 힘들어질 테니 한시도 긴장을 늦출 수가 없었다.

사실 던전의 탐사를 마치고 돌아오는 길이라면 고급 인력인 조사관을 뺀 나머지 일꾼은 희생이 되든 말든 노태 클랜의 입장에서는 큰 상관이 없었다.

이번 탐사에서 가장 중요한 사항은 가치가 있는 던전인지를 확인하는 것이었다.

정부에게서 던전 개발권을 사들이는 데에 엄청나게 많은 비용을 투자하였으니 그만큼 기대를 거는 것은 당연한 일이었다.

사실 일부 클랜에선 상황에 따라 일부러 일꾼을 희생시키기도 했다.

다만, 던전 탐사 과정에서 일꾼들의 희생이 계속 늘어나자 정부에서 예의 주시하고 있는 분위기라 그런 일을 일부러 저지르지는 않을 테지만. 만약 불가피한 상황이 닥치면 노태 클랜도 어쩔 수 없는 판단이라 변명하며 일꾼들을 희생시킬 것이다.

하지만 지금은 그럴 상황이 아니었다.

아직 던전이 위치한 지역에도 도착하지 않은 상태에서 일꾼들이 희생되면 힘들어지는 것은 조사관과 헌터들이었다.

일꾼들이 도맡아 하던 잡일을 조사관과 헌터들이 직접 해야 하기 때문이다.

그러니 탐사대 전체를 지켜야 하는 헌터들로서는 밀림에 들어온 뒤로 신경이 다른 때보다 배는 더 예민해질 수밖에 없었다.

언제 어디서 몬스터가 나타날지 모르고, 또 밀림에는 몬스터 못지않게 위험한 짐승도 많았다.

아니, 오히려 몬스터조차 잡아먹는 맹수들이 서식하는 곳이 바로 밀림이었다.

특히 밀림에 사는 맹수들은 그 움직임이 은밀해 언제 희생자가 나올지 알 수 없었기에 더욱 헌터들을 긴장시켰다.

"정지!"

"정지!"

"잠시 여기서 10분간 쉬었다 출발한다."

"10분간 휴식!"

선두에 섰던 경비 책임자가 휴식을 명하자 탐사대의 행렬이 멈춰 섰다.

"휴……."

"헉헉……."

나름 강행군이었는지 정진과 일꾼들은 흐르는 땀을 닦으
며 제자리에 주저앉았다.

"조심해. 밀림에서는 어떤 행동도 함부로 하지 말고, 앉
을 때도 주변을 살피고 앉아."

"네, 네."

땀을 닦으며 숨을 몰아쉬던 정진은 그 말을 귓등으로 흘
리면서 대충 대답했다.

하지만 방금 전의 말은 절대로 흘려들어서는 안 되는 중
요한 조언이었다.

베테랑 탐험가도 100% 안전을 장담할 수 없는 곳이 바
로 밀림인데, 행군이 너무 힘들다 보니 정진을 비롯한 일꾼
들은 우두머리 역할을 하는 남자의 말을 귀담아들을 정신이
없었다.

그렇게 탐사대가 휴식을 취하고 있을 때에도 헌터들은 긴
장된 기색으로 주변을 살폈다.

정진은 바닥에 주저앉아 헌터들을 주시했다.

본능적으로 이 상황에서 자신의 안전이 누구에게 달려 있

는지 느껴졌기 때문이다.

아니, 본능이 아니더라도 뉴 어스에서 헌터들을 의지하는 것은 당연한 일이었다.

"휴식 끝! 출발한다."

"휴식 끝! 출발!"

철컹! 철컹!

아머드 기어의 금속음과 함께 노태 클랜의 던전 탐사대가 다시 여정을 시작했다.

하지만 이들은 알지 못했다.

우거진 수풀의 그늘 속에서 탐사대의 모습을 지켜보는 눈동자가 있음을.

영원의 숲.

울창한 나무들로 가득한 이곳은 한반도 전체보다도 넓은 면적을 가지고 있었다.

영원의 숲에는 다양한 생물들이 살고 있다.

먹이사슬의 최하위에 속하는 초식동물부터 마계에서 흘러나온 마기에 오염된 몬스터까지.

그리고 몬스터마저 잡아먹는 최상위 포식자들이 존재했다.

게다가 몬스터와 짐승만이 전부는 아니었다.

자신들만의 독특한 문화를 구축한 이종족도 영원의 숲에서 삶을 영위하고 있었다.

이렇듯 다양한 생물이 살고 있는 영원의 숲에도 지배자는 존재했다.

영원의 숲을 분할하여 지배하는 다섯.

이들은 비등한 힘을 바탕으로 서로의 영역을 침범하지 않고 각자 자신들의 영역 안에서 모든 것을 지배하였다.

이들 다섯 지배자 중 남쪽 평원과 접한 지역을 지배하는 자이언트 트롤, 부아칸은 자신의 영역을 침범하는 낯선 존재들을 발견하였다.

감히 겁도 없이 자신의 영역을 침범한 존재들을 확인하던 부아칸은 일순 깜짝 놀랐다.

그들은 인간, 오래전 자신의 욕망에 의해 사라진 종족이었다.

한데 오늘 이곳에 새로운 인간들이 나타난 것이다.

이들은 오래전 사라진 인간들과 비슷하면서도 무언가 달랐다.

무엇보다 인간들의 손에 들린, 요란한 소리가 나는 쇠막대기가 특이했다.

본능에 충실한 맹수나 몬스터는 오랜만에 나타난 인간의 존재에 거침없이 덤벼들었다.

난데없는 습격에 인간들은 덧없이 목숨을 잃고 한 끼 식사로 전락했다.

하지만 모두가 그런 것은 아니었다.

쇠막대기에서 불이 뿜어질 때마다 달려들던 맹수나 몬스터가 픽픽 쓰러졌다.

커다란 굉음만큼이나 그 위력은 무척 무서울 정도였다.

하지만 굉음은 오히려 역효과를 불러왔다.

멀리 있는 몬스터나 맹수까지 불러들인 것이다.

결국 숫자 앞에 장사 없다는 말처럼 월등히 많은 수로 덤벼드는 맹수와 몬스터 무리 앞에 인간들은 하나씩 쓰러져 갔다.

그렇게 인간과 몬스터의 대결은 몬스터의 승리로 넘어가는 듯했지만…….

인간은 어리석지 않았다.

새로 나타난 인간들은 더 이상 약한 존재가 아니었다.

그들은 새롭고 강력한 무기를 들고 나타나 몬스터들을 학살했다.

전과 달리 굉음도 없기에 맹수나 몬스터들은 뭉쳐서 달려들기도 쉽지 않았다.

인간들의 기세는 더욱 올랐다.

초반에는 영원의 숲 밖의 평원에서 약한 몬스터를 잡더니, 이제는 간간이 숲 속으로 침입하기도 했다.

부아칸은 감히 자신의 영역을 침범한 인간들을 절대로 그냥 두고 볼 생각이 없었다.

만약 침입자를 그냥 놔둔다면 더 이상 영원의 숲에서 절대자로 살아갈 수가 없었다.

다른 지역을 지배하는 존재들이 약점을 보인 자신을 물어뜯을 것이 분명했다.

부아칸은 절대로 그런 것을 용납할 수가 없었다.

감히 자신의 영역을 침범한 인간들에게 처절한 심판을 내릴 생각이었다.

그런 와중에 마음에 걸리는 것이 있었다.

그것은 바로 인간들이 데리고 있는 강철 거인.

하지만 걱정도 잠시. 부아칸은 크게 걱정하지는 않았다.

강철 거인의 수가 한둘은 아니지만, 덩치로 보나 힘으로 따져 봤을 때 자신이 질 것이라고는 도저히 생각할 수 없었다.

그럼에도 부아칸은 절대 무리할 생각이 없었다.

부아칸은 본능만으로 움직이는 무식한 몬스터가 아니었다.

이미 몬스터의 경지를 뛰어넘어 생각할 줄 알며, 상대의 역량을 살필 줄 아는 존재였다.

그렇기에 부아칸은 절대 방심하지 않고 인간과 강철 거인을 모두 물리쳐 영원의 숲에 사는 존재들에게 자신의 존재를 새삼 재인식시킬 것을 다짐했다.

'감히 나의 땅을 침입하다니!'

부아칸은 자신의 영역을 가로지르는 인간들과 강철 거인을 바로 근처에서 조용히 지켜보았다.

하지만 절대 성급하게 인간의 무리 속으로 뛰어들지 않았다.

강철 거인의 강함을 충분히 파악했기·때문이다.

몇 배나 더 큰 몬스터를 마치 늑대마냥 떼 지어 사냥하는 인간들의 전술은 아무리 남쪽 숲의 지배자인 부아칸이라 할지라도 부상 없이 제압하기가 어려웠다.

만약 부상이라도 당한다면 앙숙인 동쪽 숲의 검은 고양이가 가만있지 않을 것을 잘 알기에 부아칸은 확실한 승리가 보장되는 기회를 노렸다.

욕심 많은 동쪽 숲의 검은 고양이는 결코 쉬운 상대가 아니었다.

덩치나 힘이 절대 자신의 밑이 아니었다.

더욱이 검은 고양이는 무척이나 날랬다.

나무가 **빽빽**한 밀림 안에서는 쉽게 분간하기도 힘들고, 무엇보다 무척이나 교활했다.

만약 정면 대결이 아닌 기습을 당한다면 자신이 불리할 정도로 강력한 적이었다.

다만, 뛰어난 재생력 덕분에 장기전으로 갔을 때는 자신이 유리하다는 것을 검은 고양이도 잘 알기에 쉽게 싸움이 벌어지지는 않았다.

그리고 서쪽 숲에 사는 블러드 고블린도 문제였다.

비록 자신이나 검은 고양이에 비해 덩치도 작고 힘도 부족하지만, 그놈들은 숫자가 많았다.

특히 그놈들이 사용하는 독은 골치 아팠다.

재생력이 뛰어난 탓에 오히려 블러드 고블린의 독이 부아칸에게 치명적으로 작용했다.

다만, 남쪽 숲에 자생하는 식물 중에 해독제가 있기에 블러드 고블린이 쉽게 부아칸의 영역을 침범하지 않는 것이었다.

하지만 부아칸이 부상을 입는다면 전혀 상황이 달라진다.

블러드 고블린은 지능이 뛰어나 부아칸이 부상을 치료하기 전에 어떻게든 전투를 끝낼 것이다.

주변에 자생하는 해독제를 모두 제거하고 부아칸에게 싸움을 걸 것이다.

그러니 부아칸은 될 수 있으면 부상을 피해 싸움을 끝내야만 했다.

만약 부상을 입더라도 동쪽 숲의 검은 고양이나 서쪽의 블러드 고블린들이 발견할 수 없는 곳에서 요양을 해야 했다.

부아칸은 갑자기 짜증이 솟구쳤다.

거대한 영원의 숲, 그중에서 남쪽의 지배자인 자신에게 이런 고민을 하게 만든 인간들에게 화가 난 것이다.

그워어웍!

분노가 일자 부아칸은 자신도 모르게 허공에 대고 고함을 질렀다.

그워어웍!

숲 속에 엄청난 굉음이 울려 퍼졌다.

푸드득!

얼마나 큰 포효였는지 끝 모른 채 하늘로 뻗어 있는 커다란 나무가 흔들리고 대기마저 진동했다.

나무 위에서 쉬고 있던, 이름 모를 새들이 저마다 놀라서 하늘 위로 날아올랐다.

"뭐지?"

갑자기 들려온 울음소리에 정진은 물론이고, 앞장서서 길을 살피던 노태 클랜 소속 헌터들도 움찔하며 가던 길을 멈췄다.

"무슨 일입니까?"

달구지에 타고 있던 조사관 중 책임자인 윤문수는 깜짝 놀라 경호 책임자인 하정수 팀장에게 다가가 불안한 눈으로 물었다.

하정수 팀장은 굳은 표정으로 그의 질문에 대답하였다.

"아무래도 저희가 있는 곳이 오우거나 사이클롭스 같은 중형 몬스터의 영역 같습니다."

그가 그간의 경험에 비춰 판단하기에 이 정도로 대기를 울리는 괴성을 지를 수 있는 몬스터는 오우거나 사이클롭스 같은 중형의 몬스터밖에 없었다. 그들만이 이렇게 굵고 대기를 울리는 하울링을 한다.

그 말인즉, 이곳 밀림에 탐사대를 위협할 만한 몬스터가 자리를 잡고 있다는 소리였다.

중형 몬스터는 아무리 아머드 기어가 있다고 해도 쉽게 사냥할 수 있는 존재가 아니었다.

캠프 밖 멀리까지 탐사를 나가는 헌터들이 엄청난 고가의 아머드 기어를 보유하는 이유가 바로 이 중형 몬스터를 상대하기 위해서였다.

문제가 되는 것은 넓은 평원과 지금처럼 숲 속에서 중형 몬스터를 상대하는 것은 천지 차이라는 것이다.

현재 탐사대의 헌터들이 보유한 아머드 기어는 총 여섯 기.

그 숫자라면 중형이 아니라 대형도 상대할 수 있을 만한 전력이었다.

대형 몬스터는 크기가 최소 15m가 넘어가는 몬스터를 칭하는데, 가장 대표적인 것이 드레이크나 베히모스 같은 놈들이다.

그에 비해 중형의 몬스터는 크기는 작아도 그만큼 민첩하기에 이런 숲에서 싸우게 되면 상대적으로 굼뜬데다가 나무 따위의 장애물 때문에 운신과 시야에 제약이 있는 아머드 기어로서는 커다란 불리함을 안고 싸울 수밖에 없었다.

그 말은 아머드 기어의 숫자가 많다고 하여 결코 안심해서는 안 된다는 의미였다.

더욱이 몬스터도 인간만큼은 아니지만 생각을 하고 사냥을 위해 작전을 세워 습격하기도 한다.

방금 괴성을 터뜨린 몬스터가 만약 오우거라면 탐사대에겐 심각한 위협이 될 수도 있었다.

오우거는 다른 중형 몬스터에 비해 무척이나 본능에 충실했다.

특히나 사냥에 특화된 종(種)이다.

오우거는 무척이나 교활하고 집요한 성격을 가지는데, 숲속에 들어간 헌터 클랜 하나가 오우거 한 마리에 의해 전멸한 일도 있었다.

보통 클랜이라고 하면 가장 작은 인원이 20명 정도로, 소규모 헌터 팀 세네 개가 모여 있다.

전문 몬스터 헌터 20여 명이 오우거 한 마리에게 전멸을 당한 것이다.

그 헌터 클랜은 아머드 기어도 두 기나 보유하고 있었다.

아머드 기어를 믿고 숲으로 들어가 몬스터를 사냥하고 있었는데, 갑자기 나타난 오우거 한 마리에 의해 전멸을 당했으니, 숲에서 오우거란 존재가 얼마나 무서운지 알 수 있는 대목이었다.

그 때문에 아머드 기어 여섯 기가 있어도 하정수 팀장은 안심할 수가 없었다.

"그럼 위험한 것이오?"

윤문수는 하정수 팀장의 반응에 심각한 표정으로 물었다.

"비록 100% 안전하다고는 장담할 수 없지만, 우리 노태 클랜의 헌터들도 결코 호락호락하지 않습니다."

실력을 의심하는 듯한 윤문수의 질문에 하정수는 빈정이 상해 큰소리를 쳤다.

하지만 그것은 큰 실수였다.

조금 전, 숲 속을 공포에 몰아넣은 존재가 오우거보다 상급의 몬스터인 자이언트 트롤이다.

게다가 부아칸은 단순한 자이언트 트롤도 아니고, 이 일대를 지배하는 최상위 포식자였다.

한데 그저 펜대나 굴리는 나약한 인물이 무시하는 듯한 발언을 하자 순간 욱하는 마음에 선택의 폭을 줄여 버리고 만 것이다.

그런 것은 전혀 알지 못한 채 윤문수는 그저 고개를 끄덕였다.

자신이야 그저 아티팩트를 조사하고 감정하는 능력이 전부였다.

몬스터에 관해서는 아무것도 알지 못하니 그저 하정수 팀장의 말에 그러려니 할 뿐이었다.

"알겠습니다. 내 하정수 팀장의 말을 들으니 안심이 됩니다."

윤문수는 언제 불안한 마음을 가졌냐는 듯 밝게 웃으며 자리로 돌아갔다.

한편, 멀리서 하정수 팀장과 윤문수가 대화를 지켜보던 일꾼들의 리더, 이정진의 표정은 심각하게 어두워져 있었다.

경험 많은 그가 듣기에 조금 전 들려온 괴성은 절대로 오우거가 지르는 하울링이 아니었다.

물론 오우거의 하울링도 무척이나 크고 굉장하지만, 방금 전 것에 비하자면 어느 정도 손색이 있었다.

한데 방금 전 대기의 떨림은 절대 오우거가 낼 수 있는 게 아니었다. 분명 그 이상의 엄청난 존재가 확실했다.

그런 생각과 함께 그는 이번 의뢰를 괜히 수락했다는 후회가 들었다.

"노태 클랜의 탐사대에 들어가 그들이 어떤 것들을 발굴하는지 조사해 주시기 바랍니다."

"발굴 물품만 알아내면 끝나는 것이오?"

"그렇습니다. 요즘 헌터 클랜들 중 일부가 정부에 신고를 하지 않고 발굴한 아티팩트를 암시장으로 빼돌린다고 합니다. 이는 엄연한 범법 행위입니다."

"뭐, 그런 것은 제가 상관할 바가 아니고, 그냥 제가 해야 할 역할만 정확하게 말씀해 주시면 됩니다."

"아, 제가 범죄에 관해선 좀 민감해서… 알겠습니다. 저들이 던전에서 발굴한 아티팩트를 빼돌리는지만 확인해 주시면 됩니다."

"음, 그런데 어떻게 증거를 잡으란 것이오?"

"그건… 이걸로 감시를 하면 됩니다. 어렵게 들여온 장비이니 꼭 반납하셔야 합니다. 이 물건의 가치는 의뢰비보다 몇 배나 더 비쌉니다."

"아, 이것이 바로 EU 연합에서 개발했다는 마법 녹화 장치군요?"

"예. 그쪽도 불법 루트를 이용한 밀거래가 성행하다 보니 뉴어스에서 발굴한 아티팩트를 이용해 이런 것을 만들었다고 합니다."

이정진은 사실 정부로부터 노태 클랜의 던전 탐사에 대한 감시 의뢰를 받아 계약직으로 탐사에 참여한 것이었다.

정부에서 적당히 신분을 세탁해 주었기에 노태 클랜에서는 그저 경험 많은 일꾼 정도로 알고 있을 뿐이었다.

하지만 지금 이정진은 후회막급이었다.

"제길, 의뢰를 받을 때 좀 자세히 알아봤어야 하는건데……."

그는 던전의 위치나 주변에 서식하고 있는 몬스터에 대한 정보를 보다 자세히 들어두지 못한 것을 후회했다.

단순히 불법 행위만 감시하면 된다며 손쉽게 생각하고 의뢰를 수락했는데, 지금 와서 생각하니 자신이 너무 안일했다는 생각이 들었다.

던전은 어떤 목적에 따라, 누구에 의해 세워진 것인지도 밝혀지지 않은, 아직도 의문이 많은 곳이다.

지구의 트레저 헌터들이 찾아다니는 보물이 숨겨져 있는 장소가 아니란 것이다.

뉴 어스의 던전들은 지구에는 없는 마법이란 생소한 학문이 함께 묻혀 있는 장소였다.

그런 이유로 트레저 헌터들이 뉴 어스 진입 초기 당시 많은 꿈을 안고 던전을 찾아다녔다.

하지만 성공적으로 던전을 발굴해 부와 명예를 얻은 트레저 헌터는 몇 없었다.

거의 대부분은 던전을 찾아가다가, 혹은 던전 내부를 탐사하다 죽음을 맞이했다.

뉴 어스에서 던전 탐사를 할 때는 첨단 과학 장비들을 전혀 사용할 수 없기에 더욱 많은 희생이 발생했다.

하지만 힘든 과정을 거치는 만큼 던전 내의 물건들은 희소가치가 높았다.

당연히 엄청난 가격에 수집가들에게 팔려 나갔다.

그런데 아티팩트의 가치는 그것뿐만이 아니었다.

상처 치유는 물론 병의 완쾌, 또 어떤 물건은 외부의 위협으로부터 주인을 보호해 주기까지 하였다.

실드 마법이 담긴 반지를 착용하고 있던 중남미의 마약왕이 경쟁 조직의 습격에서 살아남은 일화는 무척이나 유명할 정도였다.

그 일 이후로 위험 직종에 속한 이들이 실드 마법이 걸린 아티팩트를 구입하기 위해 아우성을 쳐 한때 아티팩트 품귀 현상까지 발생했다.

시간이 흘러 비록 해석할 수는 없지만 비슷한 능력을 가진 물건들에 공통적으로 새겨진 문자를 비교해 아티팩트가 가진 고유의 마법을 밝혀낼 수 있게 되었다.

그렇기에 과거처럼 마구잡이식 가격 경쟁이 벌어지지는

않게 되었지만, 지금도 아티팩트의 가격은 쉽게 취급 못할 정도로 높았다.

그러다 보니 던전을 발굴하는 쪽과 아티팩트의 판매 수익 일부를 세금으로 거둬들이는 정부에선 보이지 않는 전쟁이 벌어졌다.

한쪽은 어떻게든 세금을 덜 내기 위해 발굴된 아티팩트의 수량을 숨기려고 하고, 다른 한쪽에선 눈에 불을 켜고 그것을 막으려고 하는 것이다.

세금 문제뿐 아니라 아티팩트의 거래는 은밀하게 암시장에서 불법 유통을 하는 것이 더욱 비싸게 팔려 나갔다.

그러다 보니 이러한 불법적인 아티팩트 은닉 행위는 시간이 지나도 끊이지 않고 벌어졌다.

이정진은 그런 불법 행위를 막으려는 정부의 의뢰를 받아 이번 던전 탐사에 참여하였는데, 조금 전 들려온 몬스터의 하울링을 듣고는 일이 어렵게 돌아가는 것 같아 후회가 든 참이었다.

하지만 후회는 아무리 빨라도 늦다고 했던가.

지금 상황에선 어떻게든 한시바삐 던전에 도착해서 조사를 마치고 무사히 귀환하기를 바라는 수밖에는 없었다.

베이스캠프를 벗어난 상태에서는 자신이 할 수 있는 것이 아무것도 없음을 잘 알고 있는 이정진은 일이 이렇게 된 이상 노태 클랜을 감시하는 일보다 자신의 안전에 최선을 다할 생각이었다.

탐사대는 괴성이 들린 이후로 누구 하나 예외 없이 모두가 긴장을 하고 있었는데, 정진 또한 불안한 눈으로 주변을 살폈다.

마치 주변 어딘가에서 조금 전 괴성을 지른 몬스터가 나타나 자신을 덮칠 것만 같은 예감이 들었기 때문이다.

정진은 상황을 파악하기 위해 헌터들은 물론이고, 경험이 많다고 자랑하던 이정진의 모습을 계속해서 살폈다.

수시로 바뀌는 이정진의 표정을 보며 정진은 확실히 상황이 좋지 않게 흘러가고 있다는 것을 직감할 수 있었다.

"형님, 괜찮을까요?"

정진은 조금 전부터 심각한 표정으로 뭔가를 생각하고 있던 이정진에게 말을 걸었다.

그런 정진의 질문에 이정진은 생각을 멈추고 대답했다.

"뭐, 조금 의외이긴 하지만, 아머드 기어를 여섯 기나 동원했는데, 설마 무슨 일이야 있겠어? 안 그래?"

정진은 뭐가 의외라는 것인지는 알아들을 수 없었지만, 이러한 상황에 대해서 아는 바가 없어 딱히 더 이상 뭐라고 묻지는 못했다.

물론 이정진도 전혀 그런 의도로 말을 한 것은 아니었다.

그저 자신의 내심을 숨기기 위해 말을 돌린 것일 뿐.

괜찮을 거라는 말과 달리 복잡하게 변하고 있는 그의 표정을 본 정진의 마음은 여전히 편치 않았다.

비록 높은 보수에 홀려 위험을 감수하고 뉴 어스로 넘어오기는 했지만, 처음 듣는 몬스터의 하울링 한 번으로 정진의 다짐은 무참히 깨져 나갔다.

Chapter 5
몬스터의 습격

이틀이 흘렀다.

다행히 노태 클랜의 던전 탐사대에는 어떤 일도 일어나지 않았다.

하지만 긴장된 분위기 속에서 최대한 빠르게 휴식도 줄여가며 이동을 한 탓에 탐사대의 피로는 현재 최고조에 이르러 있었다.

그럼에도 탐사대 어느 누구도 강행군에 대한 불만을 토로하지 않았다.

헌터들은 숲 전체를 울릴 정도의 하울링을 토해내는 몬스터에 대한 위험을 알고 있기 때문이고, 조사관과 일꾼들은 몬스터에 대해 아무것도 모르기에 그저 헌터들이 이끄는 대로 움직일 뿐이었다.

하지만 그것도 이제는 한계에 부딪치고 말았다.

헌터들이야 몬스터의 위험을 알기에 티를 내지 않았지만, 조사관들은 달랐다.

괴성이 있은 뒤로 이틀이나 지났지만 어떤 일도 벌어지지 않았기에 계속된 강행군에 점차 불만의 소리가 나오기 시작한 것이다.

물론 일꾼 중에도 불만을 가진 사람이 있기는 했지만, 어차피 그들은 지위가 바닥이었기에 누구 하나 귀를 기울이는 이가 없었다.

하지만 조사관들은 달랐다.

탐사대의 구성상 조사관들의 직급은 가장 높은 위치에 있었다.

사정이 그러다 보니 조사관들의 불만은 가뜩이나 긴장하며 나아가던 헌터들에게 스트레스로 작용할 수밖에 없었다.

자신들을 뒤쫓는 몬스터의 위협만으로도 스트레스가 장난이 아닌데, 그런 줄도 모르고 불만을 터뜨리니, 헌터들도 기분이 좋지만은 않았다.

만약 조그만 마찰이라도 생긴다면 헌터들과 조사관 그룹

간의 충돌이 벌어질 수도 있는 상황이었다.

그나마 총책임자인 윤문수 수석 조사관이 불만을 누르고 있어 아직까진 별문제가 없었다.

하지만 앞으로도 이렇게 무리한 강행군이 지속된다면 아마도 목적지인 던전에 도착하기도 전에 탐사대는 파탄을 맞을 공산이 컸다.

"하정수 팀장."

"네, 말씀하십시오."

"조사관들이 너무 지쳐 안 되겠소. 조금 쉬었다 가기로 합시다."

결국 조사관들의 불만이 폭발할 것을 우려한 윤문수가 하정수 팀장을 불러 휴식 시간을 요청했다.

'제길, 달구지에 타고 가면서 뭐가 힘들다고…….'

하정수는 물론이고, 주변을 경계하고 있는 헌터들은 속으로 한숨을 내쉬었다.

위험한 상황을 전혀 인지하지 못하고 있다는 것에 절로 탄식이 흘러나온 것이다.

하지만 달구지 뒤를 급하게 따라가고 있던 일꾼들은 조금 전 윤문수의 말에 가뭄에 단비를 맞은 농부마냥 기꺼워하였다.

"아……."

윤문수의 말이 떨어지기 무섭게 달구지 뒤에 있던 일꾼들 중 일부가 제자리에 주저앉았다.

아직 결론을 내리지도 않았는데, 휴식이 기정사실인 양 받아들인 것이다.

그런 일꾼들의 한심한 모습에 하정수는 인상을 구기긴 했지만, 한편으로는 이해 못할 바도 아니었다.

더 이상 강행군을 했다가는 탐사대 전체가 붕괴할 것만 같아 어쩔 수 없이 잠시나마 휴식을 취하기로 하였다.

"알겠습니다. 여기서 잠시 쉬기로 하지요."

그러고는 헌터들에게도 명령을 내렸다.

"여기서 10분간 휴식을 취한다. 쉬면서 주변을 잘 경계하기 바란다. 이상!"

"10분간 휴식!"

"10분간 휴식!"

경호팀장인 하정수의 명령이 떨어지기 무섭게 눈치를 보고 있던 정진과 일꾼들은 누가 먼저라고 할 것 없이 제자리에 아무렇게나 주저앉았다.

그제야 조사관들도 달구지에서 내려 굳어진 몸을 풀기 위해 기지개를 켜고 스트레칭을 하는 둥 부산을 떨었다.

"팀장님, 곧 해가 떨어질 것 같은데, 그러지 말고 여기서 야영을 하죠?"

나무에 기대앉아 있던 하정수에게 부팀장이 다가와 의사를 물었다.

시간이 아직 이르긴 해도 숲 속이라는 것을 감안하면 금방 어두워질 것이라고 판단한 하정수는 부팀장의 말에 고개를 끄덕였다.

이틀간 아무 일도 없었으니 잠시 긴장을 풀어도 될 것 같았다.

더욱이 이곳은 나무들이 쓰러져 커다란 공터를 형성하고 있는 곳이었다.

그 덕분에 맑은 하늘도 보이고, 햇볕이 내리쬐는 바닥에는 작은 풀밭까지 조성되어 있었다.

언제 이런 좋은 야영 장소를 다시 찾을 수 있을지 알 수 없는 일이기에 이르긴 해도 이곳에서 일찍 캠프를 차리는 것이 차라리 나아 보였다.

"그래. 난 총괄 책임자에게 가서 그리 말할 테니, 자넨 부하들에게 야영 준비를 지시하게."

"알겠습니다."

논의를 끝낸 하정수와 부팀장은 지체 없이 자리에서 일어나 움직였다.

하정수는 먼저 조사관들이 모여 있는 곳으로 가 윤문수가 있는 달구지로 향했다.

"윤문수 단장님."

"무슨 일이죠?"

"예. 본래는 잠시 쉬었다 움직이려 했는데, 시간을 보니 얼마 못 가서 어두워질 것 같습니다. 그래서 차라리 이곳에서 야영을 하고 내일 일찍 출발을 하는 것이 좋을 것 같습니다."

"음, 알겠소. 그렇게 하도록 하시오."

윤문수는 경호팀장의 말을 듣고 차라리 잘되었다는 생각이 들었다.

그렇지 않아도 조사관들이 무척이나 피로해 보였기 때문에 휴식이 필요했다.

마음 같아서는 이곳에서 멈춰 선 김에 야영을 했으면 하는 마음이었지만, 탐사대의 안전을 책임지는 것은 자신이 아니라 헌터들이었다.

때문에 탐사대의 일정은 경호팀장인 하정수가 판단하여 조율하는 중이었고.

한데 하정수가 먼저 찾아와 야영을 하겠다고 하니 윤문수로서는 너무도 반가웠다.

윤문수의 허락이 떨어지자 근처에서 쉬고 있던 일꾼들의 움직임이 바빠졌다.

조금 전에는 쉴 수 있을 때 최대한 많이 체력을 보충하기 위해 꼼짝 않고 있었지만, 이곳에서 야영을 한다고 하니 그대로 앉아 있을 수만은 없었다.

그들은 얼른 자리에서 일어나 야영 준비에 돌입했다.

빠른 속도로 텐트를 치고, 불을 피워 솥단지를 걸고 물을 끓였다.

음식을 조리하기 위해서가 아니라 식중독의 위험이 있어 물을 끓여 먹으려는 것이었다.

탐사대가 야영 준비에 한창일 때, 은밀히 지켜보는 시선이 있었다.

벌써 이틀이나 탐사대의 뒤를 따르며 지켜보던 그 시선의 주인공은 뭔가를 결심했는지 눈동자가 가늘어졌다.

마치 짐승과도 같은 눈동자.

그 눈동자의 주인은 자이언트 트롤, 부아칸이었다.

사실 부아칸은 진즉에 탐사대를 습격하려고 하였다.

하지만 어떻게 알았는지는 모르겠지만, 탐사대를 추적하

기 시작한 지 하루도 지나지 않아 부아칸의 라이벌인 동쪽 숲의 지배자, 검은 털의 래피드 타이거 타라칸이 끼어들었다.

그 때문에 부아칸은 탐사대의 뒤를 따르면서도 경쟁자인 타라칸을 경계하느라 이틀 동안이나 자신의 영역에 들어와 있는 탐사대를 공격하지 못했다.

그 때문에 현재 부아칸의 기분은 무척이나 좋지 못했다.

타라칸은 영역의 경계를 따라 자신을 쫓아오며 자꾸만 부아칸의 신경을 건드렸다.

차라리 안 보이는 곳에서 뒤따라오면 상관이 없을 텐데, 딱 경계 지역 밖에서 자신의 뒤를 따르고 있다 보니 정작 영역을 침범한 인간들을 처리하지 못했다.

타라칸의 눈치를 보니 놈도 인간들이 자신의 영역을 지나가고 있다는 것을 알고 있는 것 같았다.

그래서 일부러 자신의 신경을 건들면서 비웃고 있는 것이리라는 생각이 들자 더욱 기분이 나빴다.

부아칸은 타라칸이 고의적으로 자신의 신경을 건드리며 자신이 영역을 침범한 인간들을 처리하지 못하게 방해를 하는 것이라 믿었다.

그 때문에 현재 부아칸의 분노 지수는 최고조에 이르러

있었다.

그래서 부아칸은 더 이상 인간들을 그냥 둘 수가 없었다.

자신의 약을 올리고 있는 타라칸을 상대로 분노를 표출하기에는 확실하게 이길 수 있다는 자신이 없었다.

하지만 인간들을 상대로는 승리를 자신할 수 있었다.

비록 인간들이 강철 거인을 다수 갖고 있기는 하지만, 그것은 전혀 고려 대상이 아니었다.

전에도 인간이 부리는 강철 거인을 상대한 경험이 있기에 크게 문제될 것은 없다고 판단한 것이다.

탐사대는 위험한 몬스터가 자신들을 노리고 있다는 사실은 꿈에도 모른 채 한창 이른 저녁을 준비하는 중이었다.

"팀장님, 무언가가 접근하고 있습니다!"

바로 그때, 경계를 서고 있던 박동춘이 레이더 위로 커다란 물체가 빠르게 접근하는 것을 발견하고 소리쳤다.

"뭐야?"

"아직 1㎞ 정도 지점이라 알 수는 없지만, 크기로 봐서 중형은 넘어 보입니다!"

하정수 팀장은 박동춘의 보고에 절로 인상을 구겼다.

"상렬이하고 준서는 일단 조사관하고 일꾼들을 뒤로 물

러나라고 해! 그리고 현석이하고 너는 전면을 맡고, 상현이하고 용권이는 접근하는 몬스터의 좌우로 나눠 덮친다! 실수하지 마!"

하정수는 여섯 기의 아머드 기어 오너에게 하나하나 지시를 내리고 자신도 옆에 벗어두었던 헌팅 장비를 재빨리 착용했다.

경호팀장인 하정수의 지시를 받은 헌터들은 일사불란하게 움직이며 접근하는 미지의 몬스터를 상대하기 위해 정해진 포지션을 잡았다.

헌터들이 몬스터를 사냥할 땐 무턱대고 마구잡이로 나서지 않았다.

각자 맡은 역할에 따라 포지션을 잡고 톱니가 맞물려 돌아가듯 유기적인 작전을 펼치며 몬스터를 공격한다.

그렇게 해야만 다른 동료와 동선이 겹치지 않고 보다 빠르고 효과적으로 사냥을 할 수 있었다.

몬스터 사냥은 짐승을 사냥할 때처럼 단번의 공격으로 끝나는 것이 아니다.

몬스터들의 방어력과 생명력은 지구의 그 어떤 짐승들보다 탄탄하며 끈질겼다.

처음 뉴 어스에 와서 몬스터 사냥을 하던 헌터들 중에는 그린 몬스터의 질긴 생명력을 알지 못해 방심을 하다 죽는 경우도 많았다.

하지만 노태 클랜의 헌터들은 절대로 방심을 하지 않았다.

베테랑인 하정수 팀장의 팀원들은 꼼꼼하고 안전제일 주의를 표방하는 방침에 따라 사냥이 끝나도 함부로 몬스터의 사체에 접근하지 않는 치밀함을 자랑했다.

이들은 일단 하정수 팀장의 명령이 떨어지면 어떤 의문이 들더라도 절대로 반발하지 않고 일단 지시에 따랐다.

그만큼 하정수 팀장을 신뢰한다는 의미이기도 했다.

하정수 팀장 또한 팀원 모두를 신뢰하기에 그들을 믿고 작전을 내릴 수 있었다.

사실 노태 클랜에선 탐사대를 꾸릴 당시, 네 기의 아머드 기어만 동원하려 했다.

아머드 기어가 하루 동안 사냥을 쉬게 되면 얼마나 많은 손해가 발생하는지 잘 알고 있는 노태 클랜에선 여섯 기가 아니라 네 기만으로도 충분하다 여긴 것이다.

하지만 하정수 팀장이 강력하게 요구해 여섯 기로 늘렸다.

아니, 원래 하정수 팀장은 두 개 팀인 여덟 기의 아머드 기어를 요구하였다.

그래야 탐사대를 100% 안전하게 지킬 수 있다는 생각이었다.

아머드 기어가 중형 몬스터까지 상대할 수 있는 대몬스터 병기이기는 하지만, 그것을 운용하는 존재는 사람이다.

장기간 미지의 지역으로 탐사를 가는 것은 엄청난 스트레스를 발생시킨다.

아무리 아머드 기어에 탑승해 있다 해도 그것을 운용하는 것은 인간이기에 그 피로는 상상할 수도 없는 일이었다.

특히 다른 이들을 보호해야 하는 입장이라면 그 스트레스는 갑절은 될 것이다.

하지만 두 개 팀이 교대로 휴식을 취한다면, 아무리 미지의 장소를 탐사한다고 해도 충분히 스트레스와 피로를 관리할 수 있다고 주장했다.

하지만 노태 클랜의 지도부는 탐사대 경호에 아머드 기어를 운용하는 팀 한 개를 더 동원하자는 하정수 팀장의 주장에 제동을 걸었다.

던전 탐사에 성공하면 엄청난 액수의 돈을 벌 수 있다고는 하지만, 그건 탐사하는 던전이 가치가 있을 때의 이야기였다.

막말로 누가 먼저 털어갔다거나 생각보다 가치가 떨어지는 던전일 경우, 아머드 기어 여덟 기를 동원하는 것은 큰 손해를 볼 수도 있는 일이었다.

그런 판단에 따라 노태 클랜의 지도부는 두 개 팀을 동원하는 것은 허가하지 않았다.

다만, 하정수 팀장의 주장도 나름 일리가 있다는 판단에 두 기를 더한 여섯 기의 아머드 기어를 탐사대에 합류시켰다.

원래 하정수 팀장의 팀인 네 기의 아머드 기어와 다른 팀이 운용하는 두 기, 이렇게 총 여섯 기의 아머드 기어를 탐사대에 배정한 것이다.

하정수 팀장은 모든 것을 돈으로 계산하는 클랜 지도부의 작태가 마음에 들지는 않았지만, 그래도 두 기의 아머드 기어를 추가로 지원해 준 것에 감사했다.

던전이 있다고 알려진 흰머리산.

한국 출신 헌터들에게는 백두산이라 불리는 그 산이 위치한 지역은 그야말로 전인미답의 알려지지 않은 지역이다.

그 이유는 북쪽 지역의 빽빽하게 늘어선 숲 때문이다.

숲이 얼마나 넓은지 알려지지도 않았고, 또 그 넓은 숲에 어떤 몬스터들이 서식하고 있는지도 알려진 바가 없었다.

남쪽이나 서쪽 지역으로 시야가 확 트인 몬스터 서식지가 널려 있는데, 굳이 시계도 확실하지 않고 어떤 위험이 있는지도 모르는 숲 깊은 곳까지 탐험을 떠나는 모험가는 없기 때문이었다.

가끔 북쪽 숲에 다녀왔다고 주장하는 헌터들에게서 아주 작은 정보가 흘러나오기는 하지만, 그다지 신빙성은 없었다.

이곳은 지구처럼 인간이 모든 것을 탐사한, 인간을 위협할 만한 맹수들을 모두 파악하고 있는 곳이 아니라 어떤 일이 일어날지 아무도 모르는 이계인 뉴 어스다.

이런 전인미답의 장소를 탐사하는 것이니 하정수는 아머드 기어를 추가 요청한 자신의 주장이 틀리지 않았다고 확신했다.

아무리 아머드 기어가 대단하다고 하지만, 뉴 어스에는 아머드 기어로도 어쩌지 못하는 몬스터도 상당히 많았다.

그 대표적인 몬스터가 바로 사이클롭스다.

중형에 속하기는 하지만, 웬만한 대형 몬스터보다 더 위험한 몬스터다.

인간형 몬스터 중에서 가장 커다란 종이 바로 이 사이클롭스인데, 이놈들은 그 키가 10m 이상이었다.

그 말은 아머드 기어의 두 배에 달하는 크기라는 것이다.

또한 이 사이클롭스는 우람한 덩치에서 나오는 힘뿐만 아니라 지능도 상당히 뛰어나 기습을 해오는 등 상대하기가 무척이나 힘들었다.

하지만 상대하기가 힘든 만큼 사이클롭스를 사냥하게 되면 엄청난 부를 축적할 수 있었다.

사이클롭스의 심장에서 나오는 마정석의 순도나 크기가 대형 몬스터에 나오는 마정석과 비슷했기 때문이다.

뿐만 아니라 사이클롭스의 뼈는 그 강도가 강철에 비견될 정도로 단단하면서도 철에 비해 훨씬 가벼웠다.

이 때문에 강철을 대체할 신소재로 환영 받고 있었다.

다만, 그 수량이 적고 값이 비싸 특수한 경우에만 사용되었다.

그렇게 따져 보면 사이클롭스는 피까지 포함해 버릴 것이 하나 없는 몬스터다.

사이클롭스의 피는 많은 에너지를 가지고 있어 많은 분야에서 연구를 하고 있다.

그중 가장 주목하고 있는 분야는 사이클롭스의 끈질긴 생명력에 대한 비밀이 바로 피에 섞여 있는 에너지라고 주장하는 의학 분야였다.

여러 제약사들은 의학 박사들의 주장에 어느 정도 신빙성이 있다고 여겨 많은 돈을 들여 몬스터의 피를 연구하고 있는 중이었다.

하정수는 접근하는 몬스터를 최악의 경우 사이클롭스라 상정하고 네 기의 아머드 기어를 몬스터가 다가오는 방향에 포진시켰다.

만약 네 기로도 막기 힘들 것 같으면 조사관들의 안전을 위해 빼놓은 나머지 두 기의 아머드 기어까지 동원할 생각이었다.

만약 그럴 때는 다른 헌터들이 연구원들을 보호해야 할 테지만, 지금은 모든 경우의 수를 예상하며 대몬스터 포진을 짰다.

한창 저녁 준비를 하던 정진은 갑자기 헌터들의 움직임이 부산해지는 것을 느꼈다.

곧이어 임시 캠프 주변을 감싸듯 포진해 있던 아머드 기어가 움직이는 것이 보였다.

"형님, 무슨 일이 벌어지고 있는 거죠?"

정진은 일꾼들 중 그나마 뉴 어스에 대한 정보를 많이 가지고 있는 이정진에게 물었다.

하지만 이정진은 작게 신음을 흘리며 차마 대답을 하지 못했다.

"음……."

'지금 접근하는 몬스터가 아머드 기어를 네 기나 동원할 정도란 말인가?'

사실 이정진도 아머드 기어가 움직이는 모습을 눈여겨보고 있었다.

캠프 주위를 경계하는 아머드 기어들은 본래 쉽게 포진을 풀지 않는 법이었다.

그런데 지금 노태 클랜의 아머드 기어가 네 기나 한 방향을 향해 포메이션을 취하고, 남은 두 기는 조사관들 근처에서 그들을 보호하는 한편 유사시 언제라도 합류하여 전투를 지원할 수 있도록 준비하고 있었다.

이런 모습은 20년 가까이 뉴 어스를 드나들며 많은 헌터 팀과 클랜들의 사냥을 지켜봐 온 이정진으로서도 쉽게 볼 수 있는 장면이 아니었다.

하지만 아머드 기어가 이런 포메이션을 취한다는 것이 무엇을 의미하는지는 잘 알고 있다.

그것은 바로 아머드 기어로도 상대하기 힘든 몬스터가 나타났을 때, 또는 아머드 기어라 해도 쉽게 상대할 수 없는 중형 이상의 몬스터를 상대할 때 취하는 포메이션이다.

"아무래도 몬스터가 접근하고 있는 것 같다. 우리도 얼른 저쪽으로 피하자!"

"몬스터요? 서, 설마… 아머드 기어가 여섯 기나 되는데… 위험하지는 않겠죠?"

정진은 대피를 하자는 이정진의 말에 평소와는 뭔가 다른 심각한 분위기를 감지했다.

이곳까지 오면서 탐사대는 많은 몬스터와 조우했다.

하지만 그 어떤 몬스터도 탐사대를 위협할 수는 없었다.

당연한 말이겠지만, 단연 압도적인 전력을 보여준 여섯 기의 아머드 기어 덕분이었다.

상당히 위험한 몬스터에 속하는 트롤도, 길이가 15m에 이르는 자이언트 스네이크도 아머드 기어 앞에서는 고양이 앞의 쥐요, 독사 앞의 개구리에 불과했다.

정진은 그런 모습을 곁에서 지켜보았기에 이제는 처음 뉴어스에 왔을 때 가졌던 두려움도 많이 사라진 상태였다.

하지만 지금 탐사대의 임시 캠프로 접근하고 있는 몬스터가 얼마나 위험한 상대인지 정진은 알지 못했다.

중형 몬스터 중에서도 위험도가 최상위권에 속하는 놈.

재생력은 트롤을 능가하고, 힘은 오우거를 능가하는 자이언트 트롤이다.

그것도 일반적인 자이언트 트롤이 아니라 더욱 특별한 개체였다.

이 넓은 영원의 숲에서도 일부 지역을 지배하고 있는 존재 중 하나인 것이다.

사실 탐사대는 모르고 있지만, 이곳 영원의 숲은 커다란 비밀을 가지고 있었다.

그리고 그 비밀은 지금 탐사대가 가는 던전과 연관이 있었다.

"정진아, 내 말 잘 들어."

"네?"

정진은 이정진이 갑자기 목소리를 낮추며 심각한 말투로 말하자 의아한 표정이 되었다.

얼떨떨해하는 정진의 모습에 이정진은 한숨을 쉬며 대답을 해주었다.

"네가 나와 이름이 같은데다 남 같지 않아 해주는 말인데……."

이정진은 숲을 향해 네 기의 아머드 기어가 포메이션을 취하고 있는 모습을 가리키며 말했다.

"너도 오면서 아머드 기어가 얼마나 무시무시한 위력을

가졌는지는 보았겠지?"

"네, 보았죠."

당연한 이야기였다.

저 거대한 동체가 몬스터를 도륙하는 모습은 탐사대에 속한 그 누구라도 뇌리에 박힐 만한 장면이었다.

그런 정진의 대답에 이정진은 차분하게 설명을 이어갔다.

"그런 아머드 기어가 지금 대형을 취해가며 상대를 기다리고 있다. 이게 무슨 뜻인 것 같으냐?"

단도직입적으로 물어오는 질문에 정진은 그제야 이정진이 하고자 하는 말이 무슨 의미인지 깨닫게 되었다.

"설마… 지금 접근하고 있는 몬스터가 저 아머드 기어로도 상대하기 벅찰 정도로 위험하다는 말인가요?"

"그렇지. 그러니 저들이 저렇게 포메이션을 갖추고 대기하고 있는 거야. 그리고 잘 봐. 저기 조사관들 근처에 있는 아머드 기어 두 기도 여차하면 지원하기 위해 대기하고 있어."

정진은 이정진의 손끝을 따라 상황을 확인하고는 식은땀을 흘렸다.

과연 그의 말대로 상황이 심상치 않게 돌아가고 있었다.

"그나마 이번 탐사대의 경호팀장이 무척이나 베테랑인

것 같아 다행인데…….”

이정진은 캠프로 접근하는 미지의 몬스터에 대응하는 모습을 보고 불안했던 마음이 어느 정도 해소되는 듯했다.

그만큼 경호를 책임진 하정수 팀장의 대응은 신속하고 정확하게 이루어지고 있었다.

“어어!”

한데 바로 그때, 정진은 아머드 기어가 대형을 갖추고 있는 뒤편에서 뭔가 이상한 장면을 목격했다.

빽빽하게 들어서 있던 커다란 나무들이 마치 수풀이 갈라지듯 쓰러지고 있었다.

그리고 나무들이 쓰러지는 것과 동시에 주변의 모든 소음이 일순간에 사라지는 듯한 현상이 일어났다.

정진은 자신도 모르게 외마디 비명을 질렀다.

꾸드드득!

쿵!

마치 길을 내듯 탐사대의 바로 앞까지 요란한 비명을 지르며 나무들이 쓰러졌다.

그리고 그 속에서 커다란 검은색의 거체가 텐트가 있는 쪽으로 빠르게 달려오고 있었다.

일행의 눈앞에 모습을 드러낸 그것은 마치 위장복을 입은 듯 검정색과 짙은 녹색이 섞인 피부에 7m 정도 되어 보이는 거인이었다.

거인은 숲에서 나오자마자 자신의 앞을 가로막고 있는 아머드 기어에게 달려들었다.

빠르게 접근하는 거인을 확인한 전방의 아머드 기어는 왼손에 들고 있는 방패로 전면을 막으며 충격에 대비했다. 측면에 서 있던 아머드 기어 한 기가 재빨리 다가와 바로 옆에서 방패를 세우며 벽을 만들었다.

전면에서 방어선을 구축하자 나머지 두 기의 아머드 기어도 부아칸이 빠져나가지 못하게 포위하듯 양쪽으로 방패를 앞세우고 길을 막았다.

하지만 전속력으로 내달리는 부아칸은 인간들이 부리는 강철 거인(아머드 기어)을 피할 생각이 없었다.

숲의 주인인 자신이 도전자를 굳이 회피할 이유가 없는 것이다.

도전자의 도전을 물리쳐야 지배자로서 인정을 받는 것이다.

만약 회피한다면 숲에 사는 짐승이나 몬스터, 그리고 부아칸의 경쟁자들은 자신을 숲의 지배자라 절대 인정하지 않을 것이 분명했다.

그러니 남쪽 숲의 지배자로서 부아칸은 침입자와 정면으로 부딪쳐 다시는 감히 자신의 지역을 침범하지 못하도록 철저하게 짓밟아줄 작정이었다.

어차피 인간들이야 그냥 놔둬도 자신의 밑에 있는 몬스터들이 처리할 수 있겠지만, 눈앞에 있는 강철 거인은 아니었다.

그워억!

부아칸은 괴성을 지르며 달려오던 속도 그대로 아머드 기어의 정면에서 땅을 박찼다.

쿵!

그 거대한 몸을 공중으로 띄워 거대한 방패로 전면을 막고 있는 아머드 기어를 깔아뭉개듯 덮치며 내리찍는 부아칸.

5m의 아머드 기어와 7m의 자이언트 트롤이 부딪치자 무척이나 요란한 소리가 터져 나왔다.

지켜보는 이로 하여금 그 충격을 절로 짐작케 만드는 굉음이었다.

첫 번째 아머드 기어와 부딪친 부아칸은 발이 땅에 닿기 무섭게 또 다시 점프하여 오른쪽에 있는 아머드 기어에게 뛰어들었다.

휘익! 쾅!

이번에는 아머드 기어와 직접 부딪치지 않고 한 손에 들고 있던 거대한 몽둥이를 휘둘러 강철 방패를 두들겼다.

부아칸을 막아선 아머드 기어는 방패로 충격을 흡수했음에도 불구하고 그 위력을 제대로 흘리지 못해 크게 휘청거렸다.

부아칸은 자신의 공격이 먹혀들자 계속해서 또 다른 아머드 기어를 향해 몽둥이를 휘둘렀다.

하지만 이번에는 목적을 이룰 수 없었다.

방금 전, 아머드 기어의 방패를 후려친 몽둥이가 이번에는 충격을 이기지 못하고 부러져 버렸기 때문이다.

처음 방패와 부딪칠 때, 이미 몽둥이는 그 수명을 다했던 것이다.

부아칸은 몽둥이가 부러져 목적을 이루지 못하자 짧아진 몽둥이를 또 다른 아머드 기어에 던져 버리고, 아직 정신을 자리지 못하고 있는 아머드 기어를 향해 두 손을 들어 휘둘렀다.

쾅! 쾅! 쾅!

마치 프로 레슬러가 두 손을 잡고 상대를 내려치는 듯 부아칸은 쓰러진 아머드 기어의 위에 올라타 마구 두들겼다.

하지만 아머드 기어를 조종하는 오너 헌터도 경험이 많은 베테랑인지 그 와중에도 방패를 들어 올려 급소를 보호했다.

그러는 사이, 다른 세 기의 아머드 기어는 빠르게 뒤로 돌아 부아칸을 협공해 나갔다.

아머드 기어의 외부 장비로는 거대한 강철 방패와 워 엑스, 혹은 워 해머가 있는데, 노태 클랜의 아머드 기어들은 워 해머를 장비하고 있었다.

워 해머는 일명 전투 망치 또는 마울이라 해서 일반적인 망치처럼 못을 박는 납작한 면만 있는 것이 아니라 반대쪽에 정(丁)과 같은 부분이 있어서 갑옷이나 갑주를 파괴하기가 수월했다.

위협을 느낀 부아칸은 자신에게 날아드는 세 개의 워 해머를 피하고 쳐내면서도 절대 자신의 아래에 깔린 아머드 기어를 놓아주지 않았다.

오너들은 본능을 우선해서 싸우는 일반적인 몬스터들과 다르게 지능적으로 전투를 이끌어가는 부아칸의 모습에 놀랐지만, 이대로 협공을 이어 나간다면 승리할 수 있을 것이라 판단하고 노련한 팀워크로 공격을 계속했다.

노태 클랜 던전 탐사대는 갑작스럽게 야영 캠프에 난입한 거대 몬스터를 보며 깜짝 놀랐다.

조사관이나 일꾼들은 물론이고, 오랫동안 몬스터를 사냥해 온 헌터들도 놀란 것은 마찬가지였다.

지금 습격해 온 존재가 지금까지 한 번도 알려진 적이 없는 몬스터였기 때문이다.

짙은 녹색 피부와 표면에 오돌토돌하게 돌기 같은 것들이 잔뜩 달려 있는 것을 보면 언뜻 트롤과도 비슷해 보였다.

하지만 그 크기가 중형 몬스터 중 최강이라 알려진 오우거보다 더 컸다.

하지만 사이클롭스보다는 작아 그 종을 좀체 알 수가 없었다.

게다가 의문의 거대 몬스터는 무려 아머드 기어 네 기와 동시에 싸움을 하고 있는데도 전혀 밀리지 않고 있었다.

얼마나 힘이 좋은지, 35톤이나 되는 아머드 기어 한 기를 완전히 제압해 올라타고 있으면서도 동시에 세 기의 아머드 기어가 쏟아붓는 공격을 받아 넘기며 심지어 간간이 팔을 휘둘러 반격까지 했다.

그나마 다행이라면 아머드 기어의 숫자가 많고, 또 탑승하고 있는 오너들의 실력이 뛰어나다는 점이었다.

실제로 몬스터는 탐사대가 있는 부근까지 다가오지 못하고 있었다.

다만, 아머드 기어 오너들 또한 탐사대와의 거리를 유지하고 있을 뿐, 거대 몬스터를 압도하지 못하고 있었다.

네 기의 아머드 기어와 거대 몬스터 간의 싸움은 무척이나 길어졌다.

웬만한 중형 몬스터라도 아머드 기어 네 기면 금방 상황을 끝냈을 텐데, 의문의 거대 몬스터는 지능적으로 싸우며 수적 불리함을 커버했다.

그러다 보니 어느새 전투가 시작된 지 30분이 넘어가고 있었다.

크릉!

부아칸은 점차 길어지고 전투 상황이 마음에 들지 않아 머리끝까지 분노가 치밀었다.

한 기의 아머드 기어를 쓰러뜨린 뒤 깔고 앉아 제압하고, 나머지 세 기의 아머드 기어가 휘두르는 워 해머에도 잘 대응하고는 있었다.

그러면서 기회가 날 때마다 반격의 기회를 엿보기도 했다.

하지만 시간이 지날수록 자신의 몸에 상처가 늘어나자 생각을 바꿨다.

예전에 한 번 상대해 보았던 강철 거인은 그야말로 손쉬운 상대였다.

굼벵이처럼 느린 공격은 자신에게 전혀 상처를 입히지 못했다.

비록 단단한 몸을 가지고 있었지만, 힘도, 동작도 별로 빠르지 않았다.

그래서 손쉽게 처치하고 강철 거인을 부리던 인간은 물론, 함께 있던 인간들까지 모두 사냥하여 잡아먹었다.

그때를 생각하고 자신 있게 덤벼들었는데, 막상 새로운 강철 거인을 상대하다 보니 그게 아니란 것을 알 수 있었다.

지금 수준의 강철 거인이라면 일대일 대결이나 둘 정도까지는 자신이 이길 수 있을 테지만, 셋 이상이면 쉽게 상대할 수가 없었다.

부아칸은 자신의 계산이 잘못되었다는 것을 깨닫고 몸을 빼려 했지만, 그것조차도 쉽지 않았다.

더욱이 조금 떨어진 곳에 강철 거인이 두 마리나 더 있는 것이 보였다.

무엇 때문에 한꺼번에 덤벼들지 않는 것인지는 모르겠지

만, 분명 기회가 생긴다면 저들도 전투에 합류할 것이다.

더군다나 자신에게는 또 다른 강력한 적이 있다.

그 적은 아마도 이 근처에 숨어 자신과 강철 거인들의 싸움을 지켜보고 있을 것이 분명했다.

만약 상처 없이 강철 거인들과 인간들을 물리치면 상관없겠지만, 자칫 상처라도 입게 된다면 숨어 있는 또 다른 적에게 물어 뜯겨 목숨을 장담할 수 없었다.

크르르릉!

부아칸은 이런 상황이 무척이나 화가 났다.

자신의 예상을 뛰어넘는 강철 거인들의 실력과 침입자를 쉽게 쓰러뜨리지 못하는 자기 자신에게 화가 났다.

자신이 누구던가.

영원의 숲 남쪽 일대를 지배하는 최상위 포식자다.

그런데 자신의 권위를 침범한 인간들을 어쩌지 못하고, 그것을 경쟁자인 검은 고양이가 지켜보고 있다는 사실만으로도 눈앞에 있는 모든 것을 갈가리 찢어 죽이고 싶었다.

하지만 분노에 몸을 맡기기에는 상황이 좋지 못했다.

지금 자신이 상대하는 적이 너무도 강력하기에.

비록 힘은 자신보다 약하지만, 강철 거인들은 싸움을 할 줄 알았다.

서쪽의 난쟁이들처럼 독을 사용하진 않지만, 바위보다 단단한 몸을 가지고 있었다.

자신이 들고 다니는 몽둥이보다 훨씬 단단한 무기를 가지고 있으며, 그것은 북쪽 흰머리산 너머에 살고 있는 머리 둘 달린 돌연변이 오우거가 가지고 있는 몽둥이처럼 잘 부러지지 않았다.

한참 머리를 굴리던 부아칸은 지금 상황에서는 싸움이 쉽게 끝나지 않으리란 걸 깨닫고 일단 물러나기로 결심했다.

자잘하긴 해도 자신의 몸에 점점 상처가 늘어나고 있다는 점도 그런 결심에 한몫했다.

부아칸은 이 이상 싸움이 길어지면 정말로 동쪽 숲의 검은 고양이에게 어부지리를 줄 수도 있다는 생각마저 들었다.

상처를 입은 자신을 쓰러뜨리고 남쪽 지역을 차지할 것이다.

영역이 늘어난다는 말은 더욱 강력해질 수 있다는 것과 일맥상통하는 의미.

지배자급 몬스터들은 본능적으로 보다 강력해지고 싶은 욕망을 가지고 있다.

부아칸의 본능도 그러하였다.

주변의 경쟁자를 모두 잡아먹고 더욱 강해져 흰머리산 너머까지 영역을 넓히고 싶었다.

하지만 주변에 있는 경쟁자들이 하나같이 쉽지 않은 상대여서 아직까지 그런 욕심을 실현하지 못하고 있을 뿐이었다.

그런데 지금 무리해서 침입자를 처리하려다 상처를 입게 된다면, 검은 고양이 타라칸은 자신을 습격하여 남쪽 숲을 차지할 것이 분명했다.

멀쩡한 상태라면 타라칸의 습격이 두렵지 않겠지만, 큰 싸움을 벌여 상처를 입은 상태라면 무척이나 위험했다.

아무리 재생력이 뛰어나 몇 시간이 지나면 상처가 모두 치유된다고 하지만 그러기 위해선 많은 에너지를 소비할 것이다.

당연히 멀쩡한 상태의 타라칸을 상대로 승리를 장담할 수 없었다.

현재 타라칸과 자신의 전투 능력은 백중세.

거기에 또 다른 경쟁자인 서쪽의 블러드 고블린들도 무시할 수가 없었다.

만약 자신과 타라칸이 싸웠다는 사실이 알려진다면 모든 부족을 이끌고 습격해 올 것이 분명하기 때문이다.

은밀한 숲의 사냥꾼인 타라칸도 문제지만, 교활하고 잔혹한 블러드 고블린들도 무척이나 성가신 경쟁자다.

일대일로는 상대도 되지 않지만, 블러드 고블린들은 결코 개별 활동을 하지 않는다.

사실 서쪽 숲에는 블러드 고블린보다 강력한 몬스터들도 많았다.

하지만 현재 서쪽 숲에서 블러드 고블린들을 위협하는 몬스터는 없었다.

부아칸과 비교해도 별로 밀리지 않던 변종 오우거 시아칸이 블러드 고블린들의 함정에 빠져 사냥을 당했다.

한때 서쪽 숲의 지배자였던 시아칸은 블러드 고블린들의 함정에 빠져 힘 한 번 써보지 못하고 블러드 고블린들의 배 속으로 들어갔다.

아무리 강력한 힘을 가지고 있더라도 상대를 맞추지 못하면 아무런 소용이 없다.

그렇기에 힘만 있고 무식한 것들은 살아남지 못한다.

강력한 경쟁자였던 시아칸이 어이없게 사냥당하는 모습을 목격한 부아칸은 새로운 경쟁자로 떠오른 블러드 고블린의 독이 얼마나 지독한지 절감했다.

이후, 동쪽 숲의 경쟁자인 타라칸 만큼이나, 아니, 그보다 더 서쪽 숲의 블러드 고블린들을 경계하게 되었다.

사방에 쟁쟁한 경쟁자가 있는 상황.

당연히 침입자에게 경고를 하는 것보다 자신의 몸이 더 이상 상하는 것을 막아야 했고, 그러기 위해선 일단 싸움을 멈추고 자신의 영역 깊은 곳으로 들어가 상처를 치료해야 했다.

그래야 어부지리를 노리는 타라칸에게서 목숨을 부지할 수 있기 때문이다.

게다가 다른 지배자들의 지역에도 발을 들여놓을 인간들과 강철 거인을 굳이 자신만 상처를 입으면서 처리한다는 것이 억울하기도 했다.

결국 부아칸은 체면은 서지 않지만 일단 싸움을 멈추기로 했다.

우선 살고 봐야 나중에 자존심을 회복할 수 있지 않겠는가.

결심이 서자 부아칸은 틈틈이 기회를 엿보았고, 빈틈이 보이자 신속하게 몸을 일으켜 뒤로 물러섰다.

강철 거인들은 포위망을 넓힐 뿐, 성급하게 달려들지는 않았다.

그 모습에 부아칸은 기회다 싶어 냅다 뒤돌아 숲 속으로 피신했다.

갑작스런 부아칸의 도주.

아머드 기어 오너들은 물론이고, 뒤에서 불안한 표정으로 지켜보던 탐사대까지 모두가 허탈해하며 숲으로 도망치는 부아칸을 멍하니 지켜보았다.

Chapter 6
흰머리산 던전으로

　나른한 오후.

　영원의 숲 남동쪽에 위치한 바위 언덕에서 동쪽 숲의 지배자인 래피드 타이거, 타라칸은 따듯한 오후 햇살을 만끽하고 있었다.

　기분 좋은 포만감에 일광욕을 즐기던 그때, 그의 눈에 뭔가가 들어왔다.

　반짝!

　저 멀리 자신의 경쟁자인 부아칸의 영역 인근에서 뭔가 반짝이는 물체가 보였던 것이다.

　처음에는 그다지 신경을 쓰지 않았다.

자신의 영역이 아니니까.

자신은 반짝이는 물건을 좋아하는 까마귀 따위가 아닌, 고고한 숲의 지배자 래피드 타이거였다.

그 때문에 애써 피어오르는 궁금증을 머릿속 깊은 곳으로 눌러 잠재우며 일광욕이나 더 즐기려 하였다.

하지만 얼마 지나지 않아 짙은 검녹색의 그림자가 수풀 사이로 나타났다.

타라칸은 더 이상 호기심을 잠재울 수가 없었다.

분명 수풀 틈새로 비친 그림자는 부아칸이었다.

숲에 사는 다른 자이언트 트롤은 절대로 저 정도로 크지 않았다.

보통의 자이언트 트롤은 겨우 오우거만 한 크기였다.

하지만 변종인 부아칸은 그보다 훨씬 거대해 트윈 헤드 오우거와 크기가 비슷했다.

그러니 절대 보통의 자이언트 트롤이나 여타 다른 몬스터가 아니었다.

타라칸은 들끓는 호기심을 주체하지 못하고 결국 몸을 일으켰다.

조금 전 보았던 반짝이는 물체가 무엇인지, 그리고 무엇 때문에 부아칸이 그것의 뒤를 쫓는 것인지 알아봐야 직성이 풀릴 것 같았다.

휘익!

몸을 일으킨 타라칸은 바위 언덕에서 훌쩍 뛰어내렸다.

타닥타닥.

몸길이만 6m인데다 꼬리의 길이까지 하면 거의 10m에 이를 만큼 거대한 몸집이 움직이고 있지만, 타라칸의 발자국 소리는 너무도 조용해 주변의 몬스터들도 이를 인지하지 못했다.

숲을 달리다가 작은 강이 나오면 뛰어넘고, 바위가 나오면 타고 오르며 타라칸은 조금 전 부아칸이 지나친 숲으로 향했다.

그곳은 자신과 부아칸의 영역 경계가 있는 부근이기도 했다.

크륵!

처음 부아칸이 모습을 드러낸 자리에 도착한 타라칸은 주변을 둘러보았다.

그런 후, 빽빽한 수풀들이 일정한 방향으로 누워 있는 모습을 확인하고 주변의 냄새를 맡아본 뒤, 부아칸의 뒤를 추적하기 시작하였다.

지금 이 자리는 부아칸의 영역.

일단 자신의 영역으로 이동해 추적을 하였다.

아직은 부아칸을 확실하게 이길 수 있다는 자신이 없기에 괜한 분란을 피하고자 자신을 영역에서 쫓는 것이다.

아마도 지금쯤이면 부아칸도 자신의 존재를 느꼈으리라.

타라칸은 부아칸의 신경을 긁고 있다는 것만으로도 기분이 좋은지 작게 하울링을 하였다.

타라칸이 부아칸을 따라다닌 지 벌써 이틀이나 지났다.

'저놈은 대체 무슨 생각이지?'

그동안 부아칸이 무엇을 추적하고 있는지 타라칸도 알게 되었다.

그것은 바로 호빗이었다.

오래전 사라진 호빗이 강철 거인을 여럿 데리고 영원의 숲을 지나가고 있었다.

그런데 하필 호빗들이 지나가는 지역이 바로 부아칸의 영역이다.

지배자인 부아칸으로서는 그들을 가만히 두고 볼 수만은 없었을 것이다.

오랜 기간 보이지 않던 호빗이 갑자기 다시 나타난 것이나 강철 거인들과 함께 있는 것도 이상하긴 했다.

하지만 정작 타라칸이 이해하지 못하는 부분은 무엇 때문에 부아칸이 자신의 영역을 침범한 호빗과 강철 거인들을 여태껏 그냥 두고 보고 있느냐는 것이었다.

비록 강철 거인의 숫자가 많다고는 하지만, 덩치도 작고 그리 힘이 있어 보이지는 않았다.

더욱이 너무도 굼떠 공격을 하나도 흘리지 못할 것 같았다.

다만, 자신의 최대 장기인 나무 위에서의 기습은 별로 효과가 없을 것처럼 보였다.

그도 그럴 것이, 강철 거인들은 어떻게 된 것인지 머리가 없었다.

높은 곳에서 단번에 상대의 머리를 부숴 버리는 것이 자신이 가장 좋아하는 사냥 스타일인데, 애초에 머리가 없으니 그 방법은 쓸 수가 없었다.

하지만 그럼에도 멀쩡히 움직이는 것을 보면 자신이 알고 있는 강철 거인과는 조금 다른 종인 것 같았다.

타라칸은 호빗과 강철 거인들이 지나가는 것을 그냥 바라보고 있는 부아칸이 바보 같다는 생각이 들었다.

'자신의 영역도 지키지 못하는 바보 자식! 나가 죽어라!'

하도 답답한 나머지 타라칸은 자신도 모르게 중얼거렸다.

그런 타라칸의 목소리를 들었는지, 부아칸이 순간 움찔하는 모습이 보였다.

'멍청하긴!'

타라칸은 그런 부아칸의 모습조차 우둔하게만 보였다.

한입거리도 되지 않을 호빗과 강철 거인들을 무서워하는 놈이 자신의 경쟁자라는 것이 참으로 부끄러웠다.

그럼에도 혹시 부아칸이 자신이 모르는 정보를 알고 있을지 모른다는 생각에 인내심을 가지고 먼 거리에서 부아칸의 행동을 계속 지켜보았다.

그 후, 얼마 지나지 않아 부아칸이 본격적으로 호빗들과 싸우려는 모습이 포착되었다.

호빗들이 공터에 자리를 잡자 부아칸이 그곳을 향해 달려가는 것이 보였다.

타라칸은 얼른 자신의 영역을 벗어나 부아칸의 영역으로 진입하였다.

호빗 무리와 부아칸이 싸움을 하는 것을 보다 자세히 살피기 위해서였다.

그리고 만약 기회가 된다면 이번 기회에 경쟁자인 부아칸을 처리할 생각도 가지고 있었다.

탁!

타라칸은 싸움이 벌어지는 공터가 잘 보이는 나무 위로 올라갔다.

굵은 가지 위에 엎드린 타라칸은 자신의 경쟁자와 강철 거인들의 싸움을 느긋하게 지켜보았다.

그러나 이내 깜짝 놀라 다시 몸을 일으켰다.

생각했던 것보다 강철 거인들의 실력은 상당했다.

딱 봐도 부아칸의 2/3 정도밖에 안 되는 신장을 가지고 있으면서도 결코 힘에서 밀리지 않고 있었다.

한 놈이 부아칸의 밑에 깔리기는 했지만, 다른 세 마리의 도움을 받아 밀리지 않고 잘 싸우고 있었다.

뿐만 아니라 호빗들을 호위하고 있는 다른 두 마리의 강철 거인까지 전투에 합세한다면 상황이 어떻게 될지 몰랐다.

그런데 그때, 타라칸의 눈에 놀라운 모습이 포착되었다.

멀리 떨어진 자신을 호빗들이 발견한 것인지, 경계하는 모습이 보인 것이다.

'내가 여기 있다는 것을 어떻게 알았지?'

그들이 어떻게 저 멀리서 자신을 눈치챘는지 궁금하기는 했지만, 타라칸은 곧 부아칸에게 집중했다.

지금 가장 신경을 써야 할 상대는 호빗과 강철 거인이 아니라 자신과 영역을 맞대고 있는 지배자이자 경쟁자인 부아칸이었다.

그리고 잠시 후, 타라칸은 또 한 번 놀라고 말았다.

천하의 싸움꾼인 자이언트 트롤, 부아칸이 침입자를 두고 몸을 빼려는 모습었기 때문이다.

타라칸은 혹시 자신이 보지 못한 사이 부아칸이 부상을 당한 것은 아닌가 하는 생각에 자세히 살펴보았다.

하지만 그 어느 곳에서도 부아칸이 부상을 당한 흔적을 찾을 수가 없었다.

자잘한 상처는 몸 여기저기 보였지만, 저 정도는 자이언트 트롤인 부아칸에게는 부상이라 여겨지지도 않는 것이었다.

트롤이라는 종족의 가장 큰 특징이 바로 재생 능력이다.

전투 중에 상처를 입어도 조금의 시간만 지나면 멀쩡히 상처를 회복한다.

게다가 부아칸은 자이언트 트롤, 그중에서도 지배자급의 몬스터였다.

자이언트 트롤은 그야말로 괴물 같은 회복력을 가지고 있어 여타 중형 몬스터들이 싸우길 꺼려하는 종이다.

각종 변수들이 많기 때문이다.

질긴 생명력 탓에 목숨을 끊지 못하고 싸움이 길어지면, 오히려 힘이 빠져 당할 수도 있었다.

더구나 방심하여 부상이라도 입게 된다면 최악이었다.

아무리 강력한 몬스터라도 부상을 입으면 그 능력이 감소하는 법.

하지만 트롤이라는 종족은 금세 회복되는 특성 탓에 부상을 두려워 않고 달려들어 종종 열악한 상황을 역전시키기도 했다.

물론 지금의 부아칸에게는 해당되지 않는 이야기였지만.

부아칸 같은 지배자급 몬스터들은 확실하게 사냥할 자신이 없을 때는 쉽사리 나서지 않았다.

아무리 회복력이 뛰어나다 해도 그 틈을 타 경쟁자가 덤벼들면 목숨을 잃을 위험성이 존재하기 때문이다.

또한 굳이 위험을 무릅쓰며 사냥을 할 바에야 다른 먹잇감을 찾는 게 더 나았다.

어차피 손쉬운 먹이가 주변에 많기 때문이다.

어쨌든 별다른 상처도 없는데 싸움에서 물러나려는 부아칸의 모습이 이상했다.

하지만 곰곰이 생각해 본 결과, 타라칸은 한 가지 가능성을 찾아낼 수 있었다.

'내가 지켜보는 것 때문에 싸움을 포기하려는 것이구나.'

결론을 내린 타라칸은 슬슬 자신도 자신의 영역으로 돌아가야겠다고 생각했다.

그러고는 자신의 존재를 알아챈 호빗을 바라보았다.

'음…….'

그 순간, 타라칸은 자신도 모르게 눈길이 가는 호빗 하나를 발견했다.

두려움이 가득한 표정을 하고 있는 작은 존재지만, 그 얼굴을 보자 왠지 이상한 기분이 들었다.

너무도 생소한 기분.

자리를 떠야 한다는 것도 잠시 잊고 그를 바라보던 타라칸은 부아칸이 고함 소리에 다시금 정신을 차렸다.

그워억!

갑작스런 괴물의 괴성에 사람들은 그 자리에 못 박힌 듯 꼼짝할 수가 없었다.

"헉! 이게 뭐지?"

"뭐, 뭐야!"

헌터들은 부아칸의 괴성에 마비라도 된 듯 몸이 움직이지 않자 너무도 놀랐다.

바로 그때, 아머드 기어 네 기와 싸움을 벌이던 부아칸이 몸을 돌려 숲 속으로 달아났다.

하정수는 얼른 정신을 차리고 현장을 정리하기 시작했다.

"모두 정신들 차려!"

하정수 팀장의 고함에 헌터들이 정신을 차리며 빠르게 상황을 정리했다.

"상렬이하고 준서는 서둘러 식사를 마치고 나서 교대를 해라. 동춘이와 현석이, 상현이, 용권이는 조금 힘들겠지만, 다른 사람들이 식사를 마치고 교대해 줄 때까지 조금 더 고생을 해주고."

"예, 알겠습니다."

"알겠습니다, 대장."

아머드 기어의 오너들은 방금 전투를 마쳐서 피곤한 상태지만, 주저 없이 경계 태세에 들어갔다.

당장은 몬스터가 물러갔지만, 언제 다시 쳐들어올지 모르는 상태.

하지만 지친 아머드 기어 오너들을 언제까지 대기시킬 수는 없는 노릇이었다.

물론 조금 전 상대의 전투력을 보아 최소 아머드 기어 세

기는 있어야겠기에 보조 조종사 헌터 두 명을 함께 데려가라는 지시도 하였다.

노태 클랜은 물론이고, 아머드 기어를 운용하는 클랜이나 길드에서는 아머드 기어 한 기당 세 명의 오너를 두고 있었다.

주 조종사 한 명과 보조 조종사 두 명으로, 전투 후 피로가 쌓였을 때 주 조종사를 대신해 아머드 기어를 조종하는 것이다.

그리고 주 조종사가 사망을 했을 때에도 보조 조종사가 아머드 기어를 운용한다는 역할도 있었다.

아머드 기어 오너들은 전투를 치르고 난 뒤에는 극심한 피로감을 느낀다.

하지만 지금 당장은 그럴 형편이 되지 않다 보니 조금 더 주변을 경계하도록 지시를 내릴 수밖에 없었다.

한편, 부아칸과 아머드 기어 간의 전투 장면을 가슴 졸이며 지켜본 정진은 아직도 두근거리는 심장을 주체할 수가 없었다.

지금까지의 여정 동안 아머드 기어의 활약은 많이 봐왔다.

하지만 조금 전과 같은 긴박감은 처음이었다.

아머드 기어를 능가하는 몬스터.

그것은 정진이 알고 있던 상식을 한참이나 벗어난 일이었다.

뉴스를 통해 들어온 몬스터에 관한 정보는 정말 빙산의 일각일 뿐이란 사실을 느끼게 되었다.

그것은 비단 정진에게만 해당되는 것이 아니었다.

주변에 있던 다른 일꾼이나 조사관들도 마찬가지였다.

지금껏 몬스터를 직접적으로 경험하지 못해본 조사관과 일꾼들은 조금 전 전투를 보면서 공포를 느꼈다.

한데 그게 끝이 아니었다.

경호팀 소속 헌터들이 간간이 나누는 이야기를 들어보니 방금 전의 몬스터보다 더 거대하고 강력한 몬스터들도 많다는 것이었다.

처음 아머드 기어가 여섯 기나 동원된다고 했을 때, 조사관들은 너무 무리를 하는 것은 아닌가 하는 생각을 했었다.

하지만 조금 전 몬스터와의 전투를 보고 나니 그런 생각은 싹 사라졌다.

아니, 오히려 경호 인력이 부족한 것은 아닌가 싶은 생각마저 들었다.

대몬스터 병기 중에서도 최상위에 속하는 아머드 기어 네 기를 상대로 대등하게 싸우는 몬스터를 직접 눈으로 확인을 하지 않았던가.

더욱이 그 몬스터는 별다른 피해를 입지 않고 싸움 도중 도망을 쳤다.

언제든지 다시 나타나 습격해 올 수도 있는 것이다.

사실 아머드 기어 네 기가 동원되어 잡지 못할 몬스터는 손에 꼽을 정도였다.

그런데 지금 그런 몬스터가 캠프를 노리고 있으니, 조사관들의 눈은 두려움으로 가득하였다.

아니, 비단 조사관이나 일꾼들뿐만 아니라 일부 헌터들도 불안한 분위기를 감추지 못했다.

말은 하지 않지만, 헌터들을 포함한 탐사대 전체에 알 수 없는 불안감이 감돌았다.

사실 헌터들이 사냥을 목적으로 무장을 하고 있었다면 부아칸이 그리 쉽게 빠져나가지는 못했을 것이다.

하지만 현재 헌터들의 목적은 탐사대의 호위.

뉴 서울 북쪽, 흰머리산에 위치한 던전까지 무사히 도착하는 것이 중요했다.

그러다 보니 무장도 달라질 수밖에 없었다.

호위에 집중하여 많은 장비들이 부족한 상태였다.

몬스터가 나타나면 물리치거나 쫓아내는 데에 목적을 두었기에 일부 장비들은 챙겨 오지 않은 것이다.

물론 탐사대 전부가 두려움에 떠는 것은 아니었다.

아머드 기어 오너 중 일부는 무척 안타까워하는 이들도 있었다.

분명 부아칸은 지금껏 보지 못한 몬스터.

미확인 몬스터에 대한 정보는 국가와 헌터 협회에서 포상을 주었기 때문이다.

뿐만 아니라 새로운 종의 몬스터를 잡게 된다면 해당 클랜의 명성이 올라가는 것은 물론이고, 연구 기관에서 몬스터의 사체를 비싼 가격에 구입하려 하기에 부와 명예를 한꺼번에 얻을 수 있는 기회였다.

그들의 생각에는 조금 전 전투를 벌인 몬스터가 강력하긴 해도 감당하지 못할 정도는 아니었다.

아머드 기어 네 기가 나름 호각세를 이뤘고, 두 기가 대기할 정도로 여유가 있었다.

"대장, 너무 아깝습니다."

박동춘은 늦은 저녁을 먹으면서 하동수 팀장에게 아쉬움을 털어놨다.

하정수는 철없어 보이는 박동춘의 말에 어이가 없었다.

탐사대 호위가 가장 중요한 요소인데, 쓸데없는 욕심에 마음이 쏠려 있는 듯했기 때문이다.

하정수가 주의를 주려는 생각에 일부러 강한 어조로 힐책했다.

"아깝기는. 만약 그놈이 숲 속에서 기습을 해왔다면 얼마나 많은 피해가 발생했을지 모를 일이었다. 그리고 그놈 말고 주변에 한 놈 더 있었어."

그 말에 박동춘은 잠시 생각을 해보았다.

지금의 넓은 공터가 아닌 숲에서 놈을 만났다면, 과연 어떤 결과가 나왔을까.

그러자 상상만으로도 몸이 부르르 떨려오는 듯했다.

"으, 상상만 해도 겁나네요."

"그렇지. 게다가 몽둥이를 들고 있던 것으로 보아 분명 어느 정도 지능도 있는 것 같아."

"아, 맞습니다. 저희 넷을 상대할 때도 현석이가 타고 있던 아머드 기어를 끝까지 일어나지 못하게 하는 것이나, 견제하는 와중에도 쓰러진 현석이를 공격하는 것으로 봐선 다수와의 전투도 많이 경험을 한 것 같았습니다."

거대한 덩치를 가진 몬스터가 어느 정도 지능까지 갖

추고 있다는 것은 무척이나 두려운, 믿기 힘든 사실이었다.

사실 전투 도중 놈이 보인 반응은 인간과 거의 비슷했다.

본능만으로 살아가는 몬스터는 절대로 그런 반응을 보일수가 없었다.

수적으로 불리한 상황에서도 자신에게 유리하게 전투를 이끌어간다는 것.

이는 노태 클랜의 헌터들, 아니, 뉴 어스에서 활동하는 모든 헌터들이 경험하지 못한 새로운 경험이었다.

"그놈이 우릴 포기했을까요?"

박동춘은 혹시나 하는 생각에 하정수에게 물었다.

자신들의 전투력을 경험한 몬스터가 또다시 습격해 오는 일은 없었으면 하는 희망적인 기대가 담긴 질문이었다.

하지만 하동수의 대답은 안타깝게도 박동춘이 듣고 싶어하는 것과는 거리가 있었다.

"아마 그 정도 힘을 가진 몬스터라면 이 근방 최고 포식자였을 거야."

"확실히……."

"그런 놈이 자신의 영역에 들어온 침입자를 그냥 놔둘

까? 아니, 그렇게는 생각할 수가 없겠지."

"하지만 도망친 것을 보면 그놈도 우리의 힘을 알았으니 포기를 한 것 아니겠습니까? 그러니⋯⋯."

"아니지. 우리의 전력을 알았으니, 더욱 철저히 준비를 한 다음 습격해 올 거야."

하정수는 단호하고 강한 목소리로 단정 짓듯 말했다.

박동춘 외에도 다른 아머드 기어 오너들이 결코 방심하지 말라는 목적이었다.

정진은 멍한 표정으로 어둠에 잠긴 숲 속을 쳐다보았다.

지금 정진의 머릿속은 무척이나 복잡했다.

몇 시간 전, 몬스터와 아머드 기어가 벌인 치열한 전투는 비록 생사를 결정짓지 않고 몬스터가 도망가는 것으로 끝이 났지만, 정진은 쉽게 안정이 되지 않았다.

그동안 정진이 알고 있던 몬스터는 몬스터 웨이브 당시 2m가 조금 넘는, 인간에 비해 조금 더 큰 크기의 몬스터들뿐이었다.

아니, 몬스터라고 불리기도 민망할 지경.

영화에 나오는 야만인 정도가 적당할 것이다.

즉, 정진이 알고 있던, 몬스터라 불리던 것들은 야만인이나 맹수에 해당하는 것들이었다.

한데 뉴 어스에 와서 목격한 몬스터는 기존의 상식을 완전히 벗어난 것이었다.

엄청난 크기는 물론이고, 생김새도 정말 괴상한 것들이 많았다.

단연 압권은 얼마 전 탐사대를 습격한 거대 몬스터였다.

고릴라나 오랑우탄을 거대하해 놓은 것처럼 생겼는데, 피부 전체로 오돌토돌하게 혹 같은 것들이 돋아나 있어 무척 혐오스러웠다.

그런데다 괴성 한 번에 인간의 이성을 날려 버릴 정도로 위압감이 장난이 아니었다.

하지만 더욱 공포스러운 점은 따로 있었다.

혼자서 네 기의 아머드 기어를 상대하면서도 결코 밀리지 않던 모습.

그 압도적인 무력은 정진이 상상했던 것 이상의 공포를 안겨주었다.

어느새 일꾼들의 우두머리로 자리 잡은 이정진의 설명에 의하면, 뉴 어스에는 그와 맞먹는 수준의 몬스터들이 수도 없이 존재한다고 했다.

크기가 몇 십 미터가 되는 몬스터도 부지기수고, 하늘을

날아다니거나 물속에 숨어 있다가 인간들을 습격한다고도
하였다.

어떻게 그 거대한 몸을 숨길 수 있는 것인지 알 수는 없
지만, 이정진의 진지한 표정을 보면, 그것이 결코 자신을
놀리기 위한 거짓말은 아니란 것을 알 수 있었다.

전혀 생각도 못한 냉엄한 현실에 던전 탐사 후 헌터가 되
려고 했던 생각에 점점 회의감이 생겼다.

뿐만 아니라 자신이 왜 이번 던전 탐사를 지원했을까 하
는 후회마저 들었다.

이렇듯 심각하게 고민하는 정진의 모습을 조용히 지켜보
는 시선이 있었는데, 바로 일꾼으로 위장하고 있는 헌터 이
정진이었다.

멍하니 숲 속을 쳐다보는 정진을 잠시 주시하던 이정진은
고개를 돌려 이번에는 조사관들과 노태 클랜의 헌터들을 살
펴보았다.

이번 탐사대에 참여한 이들은 그저 전형적인 조사관들이
었다.

안전한 곳에서 연구만 하다 새로운 던전이 발견되었다는
소식에 마치 소풍이라도 떠나는 기분으로 던전 탐사에 지원
하였을 것이다.

그들은 던전 탐사만 마치면 부와 명예를 한꺼번에 얻을 수 있다는 생각에 위험은 생각지도 않고 뛰어들었다가 막상 현실을 마주하고 공포에 먹혀 버린 이들의 전형적인 모습을 보여주고 있었다.

하지만 새로운 공포나 욕심에 마주하면 곧 잊혀질 것이 분명했다.

지금은 공포에 빠져 아무 생각이 없겠지만, 조만간 목적지인 던전에 도착하면 언제 그랬냐는 듯 던전 탐사에 목을 맬 것이다.

'제길, 확실히 이번 의뢰는 계산이 잘못되었어.'

이정진은 이번에 의뢰를 받은 것을 무척이나 후회했다.

이렇게나 위험하고 힘든 일이란 것을 알았다면 절대로 참여하지 않았을 것이다.

더욱 분통이 터지는 것은 일반적인 던전 탐사 감시 의뢰에 준하는 비용만 받았다는 사실이었다.

만약 노태 클랜이 정부를 속이고 빼돌리려는 물건을 고발한다면 보너스를 받게 된다.

하지만 그것 역시 정부가 벌어들이는 수익에 비하면 새발의 피였다.

밀수가 발각된 클랜은 발굴권을 회수당하기 때문에 정부

는 그야말로 앉아서 엄청난 이득을 보는 셈이었다.

던전에서 발굴한 물건을 모두 압수당하는 것은 기본이고, 해당 클랜도 엄청난 금액의 과징금과 함께 한동안 자격 정지를 당하게 된다.

또 헌터들도 자동으로 헌터 자격이 정지되기 때문에 사실상 클랜은 문을 닫아야 했다.

그럼에도 일부 클랜들은 여전히 던전 탐사에서 발견한 아티팩트를 감추려고 했다.

일부 아티팩트는 클랜이 공중분해되는 위험을 감수하고서라도 도전해 볼 만큼 막대한 이윤을 얻을 수 있기 때문이다.

만약 마정석에서 에너지를 축출하는 기술을 발견하게 된다면 이 세상을 좌지우지할 만한 부를 손아귀에 쥘 수도 있었다.

사실 아머드 기어의 완성도 순수한 지구의 기술로 만들어진 것이 아니라는 소문도 있었다.

던전에서 출토된 어떤 아티팩트를 참조하여 군용으로 연구되던 것을 양산하여 만든 것이 아머드 기어의 원형이라는 소문이었다.

이 소문이 사실인지 어떤지 밝혀진 것은 없지만, 한계가 있던 아머드 기어의 에너지 활용 문제가 어느 순간 갑자기 해결된 것은 분명한 사실이었다.

무언가 과학적 진보가 있던 것도 아닌데 어느 순간 에너지 저장 문제가 해결된 것이다.

뿐만 아니라 아머드 기어의 출력까지 획기적으로 늘어나면서 군용보다는 대몬스터 병기로서 그 활용도가 높아졌다.

그런 까닭에 이제는 완전히 대몬스터용 병기로 인식되고 있는 아머드 기어였다.

이처럼 뉴 어스에서 새로운 자원이나 아티팩트를 확보하는 것이 지구에서 소모적인 경쟁을 벌이는 것보다 훨씬 적은 비용으로 더 많은 수익을 낼 수 있기에 일부 지역을 빼고 지구에서 전쟁의 그림자는 거의 사라지게 되었다.

다만, 이계인 뉴 어스에서의 자원 전쟁은 더욱 치열해졌다.

물론 지구에서처럼 국경을 맞대고 경쟁을 하는 것이 아니라 누가 더 많은 몬스터를 사냥하고 던전을 탐사해 그 부산물과 아티팩트를 차지하느냐 하는 경쟁이었다.

노태 클랜의 던전 탐사대는 날이 밝자마자 임시 캠프를 거두고 빠르게 이동을 하였다.

언제 어제 조우한 거대 몬스터가 언제 다시 습격을 해올
지 모르는 상태였기에 조금이라도 빨리 숲을 벗어나 흰머리
산의 던전으로 가려는 것이다.

현재 흰머리산에는 던전을 지키는 노태 클랜의 헌터들이
파견되어 있었다.

던전 보호를 위한 선발대인 것이다.

만약 던전을 지키는 사람이 없다면 빌런이나 경쟁 클랜에
서 몰래 침입할 수도 있고, 사냥 도중 우연히 던전을 발견
한 헌터들이 먼저 아티팩트를 가로챌 수도 있는 상황이었
다.

그러니 먼저 가서 자리를 잡은 것이다.

한편으로는 그만큼 던전 발굴에 대한 경쟁이 심하다는 의
미이기도 했다.

던전을 지키는 인원은 전원이 헌터이기에 도착만 한다면
탐사대의 안전은 더욱 확고해질 것이다.

하정수와 윤문수는 머리를 맞대고 논의를 한 결과, 조금
힘들더라도 지금보다 더 빠르게 이동을 하기로 결정했다.

그래서 임시로 수레를 하나 더 만들어 일꾼들이 메고 있
던 짐의 일부를 싣고 빠르게 이동을 하였다.

무작정 일꾼들의 이동 속도를 높이기에는 체력적인 한계

가 있기 때문에 어쩔 수 없는 조치였다.

그러자 일꾼들도 뒤처지지 않고 강행군을 따라올 수 있었다.

물론 짐이 줄었다고 해서 이동이 수월하기만 했던 것은 아니지만, 이미 한 번 몬스터의 위협을 겪었기에 죽기 살기로 따를 수밖에 없었다.

그 때문에 현재 일꾼들은 기진맥진한 상태였고, 그건 헌터들도 마찬가지였다.

아무리 몬스터와 전투를 벌이기 위해 육체를 개조하고 강화시켰다지만, 어디까지나 기본 베이스는 인간이기에 한계는 있었다.

한데 그러한 헌터마저 피로가 쌓일 정도이니 얼마나 고된 강행군이었는지 알 수 있는 대목이 아니겠는가.

어찌 됐든 하정수가 헌터들을 밀어붙인 결과, 이제 불과 반나절만 더 가면 목적지에 도착할 수 있는 거리까지 가까워졌다.

"조금만 참아라. 앞으로 몇 시간만 더 가면 목적지인 흰머리산 던전 캠프에 도착한다."

하정수 팀장의 말에 지쳐 있던 헌터와 일꾼들은 남은 힘을 쥐어짜 내며 억지로 무거운 걸음을 재촉했다.

이윽고 저 멀리 전방에 꼭대기가 눈으로 뒤덮인 산이 나타났다.

얼마나 높은지 산허리에는 구름이 걸려 있고, 그 주위로도 높은 산들이 삐죽이 보였다.

목적지가 눈에 보이자 탐사대 일행들의 얼굴에는 희망이 차올랐다.

그런 이들 중에는 정진도 있었다.

몬스터의 습격이 있은 후로 탐사대는 잠도 줄여가며 행군을 했고, 덕분에 10일로 예상했던 거리를 8일 만에 주파할 수 있었다.

무려 이틀이나 시간을 줄인 것이다.

"정지, 여긴 노태 클랜이 정부로부터 사냥 허가를 맡은 지역이다."

던전 캠프를 경비하고 있던 헌터는 던전이 있다는 사실을 감추기 위해 접근하는 탐사대를 막아섰다.

탐사대원들은 빨리 쉬고 싶은 마음에 앞을 막아서는 헌터를 원망스런 눈길로 쳐다보았다.

하지만 사실 던전 경비를 하는 헌터로서는 당연한 임무였다.

결국 보다 못한 하정수가 앞으로 나서며 신원을 밝혔다.

"우리는 노태 클랜에서 나온 탐사대다. 난 윤문수 탐사대장님과 조사관들을 호위하는 임무를 맡은 5팀장 하정수다."

"아, 하정수 팀장님이십니까. 잠시 신분증을 보여주십시오."

순간, 경비 헌터의 말투가 바뀌었다.

아무래도 클랜의 간부라고 하니 존칭이 쓰지 않을 수가 없던 것이다.

하정수는 가슴에 달고 있던 펜던트를 떼 경비에게 건넸다.

펜던트에는 노태 클랜의 엠블럼 모양이 새겨져 있었는데, 그 안에는 하정수에 대한 정보가 들어 있었다.

엠블럼은 위조가 절대 불가능했다.

그런 이유로 각 클랜의 엠블럼에는 헌터 협회에 등록된 각 헌터들의 정보가 고스란히 담겨 있어 신분을 확인하는 도구로 쓰였다.

"어서 오십시오."

정보를 확인한 경비는 그제야 캠프를 막고 있던 문을 열었다.

캠프는 던전 입구를 중심으로 반원 형태의 방책이 둘러쳐져 있었다.

20m에 달하는 높은 방책은 몬스터들의 공격에도 충분히 버텨낼 수 있을 것처럼 보였다.

정진은 방책 안으로 들어서면서 한동안 머물 캠프의 모습을 돌아보았다.

긴장감이 풀리자 급속도로 피로감이 몰려오기는 했지만, 아직 해야 할 일이 끝난 것이 아니었다.

마음 같아선 당장에라도 널브러져 쉬고 싶었지만, 선두를 따라 길을 걸었다.

잠시 후, 선두에 있던 하정수가 소리쳤다.

"정지! 조사관들은 중앙 건물에 숙소가 마련되어 있으니 그곳으로 이동합니다. 그동안 계약직들은 잠시 이곳에서 대기한다."

지시를 내린 하정수는 곧장 중앙 건물 안으로 들어갔다.

그 뒤를 달구지에 앉아 있던 조사관들이 따랐다.

정진과 일꾼들은 건물 앞 공터에 모여 앉아 대기를 하였다.

드디어 쉴 수 있는 시간이 온 것이다.

'도착했다.'

무서운 몬스터의 위협도, 한계까지 몰아치는 강행군도 있었지만, 결국 무사히 목적지까지 도착했다.

정진은 흙바닥에 주저앉으면서도 이보다 편할 수 없다는 생각이 들었다.

Chapter 7
던전 탐사

　흰머리산 던전에 도착한 탐사대는 던전 캠프에서 하루를
더 쉬었다.

　일정보다 앞서서 도착했기에 하루를 쉬어도 여유는 충분
했다.

　조사관뿐만 아니라 일꾼들, 그리고 헌터들까지 모두가 하
루를 꼬박 쉬고 나서야 업무에 들어갔다.

　탐사대의 헌터들은 조사관들의 보호를 위한 일부만 남긴
채 아머드 기어 오너들을 포함한 대부분이 캠프의 경비 임
무에 합류했다.

　정진과 일꾼들은 이제 조사관들이 던전에서 확인한 물건

들을 중앙 건물로 옮기는 일만 하면 되었다.

그것은 지금까지의 여정을 되돌아볼 때, 너무도 손쉬운 일이었다.

던전에서 출토된 물건들은 크기나 무게가 별로 나가지 않았기 때문이다.

더욱이 던전 조사를 시작하고 처음 며칠은 아무것도 출토된 것이 없었다.

그도 그럴 것이, 어떤 위험 요소가 던전 내부에 있는지 알 수 없어 조심스럽게 조사를 진행하다 보니 초반 작업 속도는 더딜 수밖에 없다.

정진도 조사관들에게 필요한 물건을 옮기느라 몇 번 던전 안에 들어가 봤지만, 별로 볼 것은 없었다.

얼마나 오래된 던전인지 알 수는 없지만, 함정 같은 것들도 너무 오래되어 그런지 작동하는 것이 별로 없었다.

그나마 작동하는 함정도 헌터들이 미리 나서서 파괴하거나 해체하였기에 물건을 옮기는 데에는 아무런 지장이 없었다.

다만, 던전 입구와 복도가 좁고 어두워 약간 불편할 뿐, 스켈레톤 슈트가 있기에 작업을 하는 데 어려운 점은 전혀 없었다.

일꾼들이 하는 일은 사실상 수당에 비해서 작업 자체는 그리 어렵지 않았다.

던전까지의 이동 간 몬스터들의 위협 때문에 책정된 생명수당이 붙어 보수가 높은 것이지, 하는 일이 힘들어 높은 비용을 지불하는 것은 아니었다.

"이건 어디다 놓습니까?"

정진은 유물들을 기록하고 있는 조사관에게 물었다.

"아무데나 내려놓고 나가봐."

조사관은 쳐다보지도 않은 채 말했다.

대부분의 조사관은 일꾼들을 무시했다.

엘리트 교육을 받은 자신들이 일꾼과 말을 섞는 것 자체가 수치라는 태도였다.

사실 던전 탐사의 총책임자가 윤문수 박사였기에 조사관들은 일꾼뿐만 아니라 헌터들까지도 눈 아래로 보고 있었다.

다만, 강한 무력을 가지고 있고, 또 자신들을 지켜주는 역할을 맡고 있기에 티를 내지 않을 뿐이었다.

만약 헌터들의 심기를 거슬러 반발을 사게 되면 언제 목숨을 잃을지 모를 일이기에 되도록이면 말도 나누지 않으려 했다.

하지만 내심으론 이미 캠프 내에서 계급을 나누었지만.

사실 이런 현상은 탐사대가 던전에 도착하기 전까지는 그리 크게 드러나지 않았다.

하지만 캠프에 무사히 도착해 본격적으로 던전을 조사하고, 유물들이 출토되기 시작하자 서서히 문제가 나타났다.

가치 높은 유물들이 발굴되자 자신들의 가치마저 올랐다는 큰 착각에 빠진 것이다.

자연 태도가 거만스러워져 이제는 확연하게 일꾼들을 아랫사람처럼 대하고 있었다.

급기야는 잠정적 범죄자로 단정 지은 것인지, 유물을 쌓아놓는 창고에는 얼씬도 하지 못하게 통제를 하기 시작했다.

상황이 그렇게 흘러가다 보니 정진은 조사관의 말에 별다른 대꾸조차 하지 않고 바로 상자를 바닥에 내려놓았다.

그때, 갑자기 뒤에서 고함 소리가 들려왔다.

"야! 그걸 거기다 놓으면 어떻게 해!"

정진이 고개를 돌리자 또 다른 조사관이 자신을 노려보고 있었다.

"저기 있는 분이 아무 곳에나 내려놓고 나가라고 하던데요."

"넌 눈이 있는 거야, 없는 거야! 그렇다고 여기다 놓으면 어떻게 해! 여기는 검수가 끝난 물건을 놓는 곳이고, 검수가 끝나지 않은 것은 저쪽에 놔야지!"

남자는 인상을 쓰며 계속해서 소리를 질러 댔다.

정진으로서는 참으로 어처구니없는 상황이 아닐 수 없었다.

조사관이 가리킨 곳이나 여기나 별로 다를 것도 없어 보였다.

아무런 표시도 없는데 정진이 그것을 어떻게 알겠는가.

그렇게 중요하다면 자세히 알려줘야 실수를 하지 않고 일을 할 터인데, 조사관들은 하나같이 그저 소리치고 짜증만 낼 뿐이었다.

불만이 목구멍까지 차올랐지만, 어차피 며칠만 지나면 더 볼 일 없는 이들이기에 정진은 화를 속으로 삼키고 다시 상자를 들어 조사관이 가리킨 곳에 내려놓았다.

묵묵히 상자를 내려놓고 창고를 나가려던 정진의 귓가로 조사관들의 대화가 들어왔다.

"야, 어차피 여기 있는 것들도 아직 검수 안 한 건데, 왜 두 번 일하게 만드냐?"

"그냥. 심심하잖아."

정진은 저절로 두 주먹에 힘이 들어가는 것을 느꼈다.

처음 조사관의 말대로 어디에 상자를 놔둬도 전혀 문제없는 일이었다.

그런데 그저 심심하다는 이유만으로 사람의 자존심을 건드는 것은 물론이고, 굳이 상자를 다시 다른 자리에 옮기도록 만든 것이었다.

정진은 학식이 인격과 비례하는 것은 아님을 여실히 깨달았다.

사실 조사관과 일꾼들 간의 트러블은 여러 번 있었다.

하지만 정진은 자신이 직접 겪은 적이 없기에 다른 일꾼들이 불만을 토로해도 그저 한 귀로 흘려보냈다.

그저 위험한 지역에 있다 보니 생기는 스트레스를 그런 식으로 해소하나 보다 생각을 했는데, 직접 겪어보니 장난이 아니었다.

던전 탐사에 대해 어떤 환상을 가지고 온 것인지는 모르겠지만, 생각보다 따분한 일상이 계속되자 머리가 미쳐 버린 듯했다.

처음에는 조사관 일부가 악질적인 괴롭히기를 일삼더니, 이제는 간부들 제외하고는 거의 대부분이 이런 놀이에 참여하고 있었다.

어차피 일꾼들은 계약직이라 탐사가 끝나면 다시 만날 일이 없기에 마음 놓고 괴롭히며 따분한 캠프 생활의 심심풀이 정도라 여기는 것이었다.

이런 일꾼 괴롭히기는 비단 이곳 흰머리산 던전 캠프만의 문제는 아니었다.

사실 노태 클랜이 일꾼을 모집할 때 다른 클랜들보다 높은 비용을 주는 것에는 이런 이유도 어느 정도 참작되었다.

노태 클랜 소속 조사관들의 변태적인 괴롭힘 탓에 좋지 않은 소문이 퍼져 기피하는 현상이 벌어지고, 이 때문에 노태 클랜은 어쩔 수 없이 일당을 높게 책정하여 일꾼을 모집하게 된 것이었다.

이런 사실을 전혀 몰랐던 정진은 처음 경험하는 어처구니없는 상황에 대처할 방법을 찾지 못하고 그저 속으로 화를 삭일 수밖에 없었다.

이곳 책임자에게 말한다고 해도 계약직인 일꾼들을 위해 특별한 조치를 취해줄 것 같지는 않았다.

어차피 노태 클랜 소속도 아니고, 계약이 끝나면 그만이니 아무래도 조사관들의 편을 들어줄 것이 분명했다.

정진은 애써 마음을 다스리며 밖으로 나갔다.

정진은 숙소가 있는 막사로 돌아와 보니 그곳에는 몇 명의 일꾼들이 이야기를 나누고 있었다.

"이제 오나?"

"예."

"아니, 표정이 왜 그래? 뭐 안 좋은 일이라도 있어?"

담배를 피우고 있던 한 사람이 물었다.

"그게……."

정진은 조금 전 창고에서 벌어진 일을 간단하게 이야기했다.

그러자 일꾼들은 모두 자신이 당한 것마냥 표정을 굳혔다.

"하여간, 배운 놈들이 더 하다더니……."

"그러게 말이야. 나도 어제 비슷한 일을 당했다니까."

"김씨도 그랬단 말이야? 하여튼… 이번에 돌아가면 난 두 번 다시 노태 클랜의 일은 안 맡을 거야."

일꾼들은 입을 모아 불만을 토로하며 노태 클랜에 대한 반감을 드러냈다.

정확하게는 노태 클랜 소속 조사관들에 대한 반감이지만, 노태 클랜과 엮이는 일 자체를 피하겠다고 생각하는 사람들이 대부분이었다.

그리고 그건 정진 또한 마찬가지였다.

뭐, 원래 이번 일만 끝내고 나면 헌터가 되려고 마음먹긴 했지만, 헌터가 되더라도 노태 클랜과는 엮이지 않겠다는 생각을 하게 되었다.

"무슨 일인데 다들 모여서 심각한 표정이야?"

한창 노태 클랜에 대한 성토가 이어 나갈 무렵, 헌터 사무실에 다녀온 이정진이 궁금하다는 듯이 물었다.

"아, 그게 말이죠……. 조금 전, 창고에 정 군이 물건을 가져다주러 갔다가 조사관들에게 봉변을 당했다고 하는구먼."

"그래?"

이정진도 짐작되는 바가 있기에 더 묻지는 않았다.

그가 헌터 생활을 할 때부터 노태 클랜의 조사관들이 인격적으로 문제가 있다는 소문을 들은 탓이었다.

하지만 이렇게까지 파렴치할 것이라고는 미처 생각지 못했다.

만약 외부에서 이런 일을 겪었다면 이정진도 참지 못했을 것이다.

하지만 지금은 참아야만 했다.

동시에 이정진은 골치가 아파졌다.

어찌 되었든 현재 일꾼들을 통솔하는 것은 자신이었다.

노태 클랜에서는 그를 이번 탐사대 일꾼들의 총책임자로 임명하였다.

이거저것 경험이 많다는 점을 높이 사 관리하는 자리에 앉힌 것이었다.

이정진 또한 본래 목적인 아티팩트 은닉 감시에 도움이 될 것 같아 의도적으로 책임자를 맡게 된 것인데, 시간이 갈수록 일이 꼬였다.

조사관들의 장난이 계속 이어지다간 조만간 큰 문제가 터질 것이 뻔했다.

최대한 문제없이 탐사가 끝나야 자신의 정체를 숨길 수 있는데, 이러다 사고가 터져 일이 잘못되기라도 한다면 문제가 심각해질 수 있었다.

막말로 갈등이 폭발해 일꾼들이 작업을 거부하기라도 한다면 이어질 결과는 뻔했다.

직접 손을 대지는 않겠지만, 소문을 잠재우기 위해 일꾼들을 몬스터의 위협 속에 일부러 방치할 것이다.

결국 멀쩡하게 지구로 돌아갈 수 있는 일꾼은 제로.

철저한 준비 없이는 헌터에게도 위험한 곳인데, 장비나 능력이 없는 일꾼들로서는 순식간에 몬스터들의 먹이가 될 것이 불 보듯 훤했다.

거기까지 생각이 미치자 이정진은 일단 일꾼들을 진정시킬 필요성을 느꼈다.

"어차피 이번 탐사도 며칠만 참으면 끝나니 참아보자고. 똥이 무서워서 피하나, 더러워서 피하지. 안 그래?"

"맞네. 자네 말대로 더러워서 피하는 거지. 에구, 저기 똥 지나가네."

조금 전, 창고에서 정진에게 모멸감을 심어준 조사관들이 지나가자 일꾼들은 저들끼리 들리도록 조사관들을 조롱했다.

"그래, 어쩐지 어디서 구린내가 나더라니."

"하하하하!"

"하하!"

일꾼들의 너스레에 정진도 약간은 불쾌한 기분을 떨쳐 낼 수 있었다.

이곳에 와서 처음 만난 사람들이지만, 다들 비슷한 처지라 그런지 이제는 제법 친해진 기분이었다.

어느 정도 분위기가 가라앉자 일꾼 중 한 명이 이정진에게 물었다.

"그런데 무슨 일로… 그 뭐야, 윤 뭐시기 박사가 자넬 부른 거야?"

"아, 내가 깜박하고 있었군. 윤문수 박사가 내일은 던전 끝까지 가보려 한다며 같이 갈 일꾼 네 명을 내일 아침 본부 앞으로 보내라더군."

"뭐야? 내일 던전 끝까지 탐사를 마치면, 앞으로 늦어도 3일 안엔 돌아가겠군."

"그렇겠지. 이번 던전이 생각보다 규모가 커서 좀 늦어지긴 했지만, 이삼 일 내로 돌아가게 될 거야."

이정진은 그간 자신이 경험해 왔던 것에 비추어 이번 던전 탐사 일정을 어느 정도 꿰고 있었다.

그리고 일꾼들의 책임자로 있으면서 수뇌부와 자주 이야기를 하다 보니 자연스럽게 탐사대의 일정을 파악할 수 있었다.

"그러니 누가 갈 거야? 지원해."

이정진은 일꾼들을 둘러보며 물었다.

"제가 갈게요."

정진은 오늘 창고에서 벌어진 조사관과의 일로 인해 더 이상 그들과 마주하고 싶은 생각이 없었다.

던전을 탐사하는 곳에도 조사관들은 있겠지만, 그래도 총책임자인 윤문수가 있는데 대놓고 수작을 부리지는 않을 것이라 판단했다.

그래서 일부러 탐사에 자원을 한 것이다.

"그래, 정진이 말고 또 지원할 사람 없나?"

이정진이 다른 사람들을 돌아보며 물었다.

그러자 조금 전 조사관들을 조롱하던 남자도 손을 들었다.

"나도 가도록 하지. 명색이 던전 탐사대에 지원을 했는데, 한 번은 던전에 들어갔다 나와야 나중에 자랑할 거 아냐. 안 그래?"

"하하하, 정말 그렇군. 그렇다면 나도 지원하겠네."

"나도! 저 조사관들 낯짝 보는 것보다야 낫겠지."

너스레를 떨며 지원한 남자를 필두로 두 명이 더 지원을 하였다.

이정진은 한 번 더 그들의 얼굴을 확인하고는 고개를 끄덕였다.

† † †

서울 강남의 고급 음식점.

장년의 남자 두 명이 가장 안쪽에 위치한 특실에 마주 앉아 있었다.

두 사람 사이에는 보기만 해도 먹음직스러워 보이는 음식이 화려한 식기에 담긴 채 놓여 있었다.

그런데 두 사람은 무척이나 비싸 보이는 고급 음식을 눈앞에 두고서도 음식에 손을 대지 않았다.

"변변치 않지만 드시지요."

한 끼에 60만 원이나 하는 음식을 변변치 않다고 말하는 사내도 그렇지만, 별다른 대답 없이 형식적으로 젓가락을 놀리는 남자도 확실히 평범해 보이지는 않았다.

아니나 다를까, 대접을 받던 남자가 먼저 입을 열었다.

"일단 일부터 빨리 끝내는 것이 좋겠습니다."

"예, 그렇죠. 거래를 확실하게 끝내고 나야 음식의 맛을 제대로 느낄 수 있겠지요."

접대를 하던 남자는 바로 표정을 바꾸며 한쪽에 내려놓은 가방을 테이블 위로 올렸다.

"여기 돈은 준비가 되었습니다. 정보는 확실하게 준비하셨겠죠?"

남자는 서류 가방을 열어 돈이 가득 들어 있음을 맞은편 사내에게 확인시켜 주었다.

금액을 확인한 남자는 마른침을 삼키며 자신도 준비한 서류 봉투를 꺼내 상대에게 내밀었다.

서류 봉투에는 몇 장의 서류와 사진이 동봉되어 있었는데, 잠시 서류를 살피던 남자는 이내 첨부된 사진을 살폈다.

하지만 사진은 초점이 맞지 않아 누구인지 신분을 제대로 확인할 수가 없었다.

"이건 약속과 다른데요?"

"뭐가 말이오?"

돈 가방을 챙기던 남자는 거래자의 불만에도 별로 놀라지 않은 듯 퉁명스럽게 대답했다.

이미 불만이 나올 것을 짐작하고 있었기 때문이다.

"첩자에 대한 정보를 줄 것이라 해서 거래를 한 것인데, 이건 도대체 누군지 정체를 알 수가 없지 않습니까?"

접대하던 남자, 노인태는 사진을 테이블 위로 던지듯 내려놓으며 화를 냈다.

아무리 거래를 하는 상대가 자신보다 갑의 위치에 있다고 하지만, 이건 아니었다.

사실 그 자신 또한 결코 누군가에게 무시 받고 그냥 넘어갈 신분이 아니었기 때문이다.

대한민국 재계 서열 8위의 노태 그룹 회장이 그의 아버

지었고, 그 자신 또한 각광 받고 있는 몬스터 헌팅 사업을
운영하고 있었다.

그가 운영하는 노태 클랜은 대한민국에서 다섯 손가락 안
에 들어가는 대형 클랜이었다.

지금 눈앞에 있는 남자가 대한민국의 모든 헌터와 헌터
클랜을 관장하는 헌터 협회의 임원이라고는 해도 개인적으
로 동원할 수 있는 역량은 자신이 더 컸다.

다만, 지금 거래를 하는 내용이 워낙 민감한 사안이다 보
니 대접을 하는 것이지, 만약 일적으로 엮이지 않았다면 감
히 자신과 이렇게 독대를 할 수도 없는 위인이었다.

그런데 지금, 마치 자신을 놀리는 듯 약속된 정보를 제대
로 가져다주지도 않고 태연하게 앉아 정보료를 챙기려고 하
는 모습이 너무도 어이가 없었다.

"이번 던전 탐사대에 숨어든 첩자를 알려주겠다고 한 것
아닙니까? 그런데 이게 뭡니까? 첩자가 있는 것은 알겠지
만, 정작 그게 누군지 알 수가 없지 않습니까?"

노인태는 언성을 높이며 말했다.

그러자 추경운은 빙그레 미소를 지었다.

"그게 무슨 문제입니까. 어차피 노태 클랜에서는 이번 던
전 탐사대에 참여한 인원 중 헌터들을 뺀 나머지 모든 인원

을 처리하려고 한 것 아니었습니까?"

추경운은 능글맞은 목소리로 대답하며 노인태를 바라보았다.

게이트 발생 이후, 몬스터를 처리하기 위해 헌터란 직업이 나타나면서 그들을 관리하는 헌터 협회가 각 국가별로 세워졌다.

그리고 세월이 지나 몬스터가 인간의 생활과 떨어질 수 없는 관계가 되면서 또 다른 변화의 바람이 불어들었다.

몬스터를 사냥함으로써 인간의 생활에 도움이 되는 물건이나 의약품, 그리고 에너지까지 얻게 되자 헌터의 존재는 이제 막대한 이윤을 창출하는 하나의 세력이 되었다.

이권이 있는 곳에 권력이 있다는 말처럼, 헌터들을 보다 효율적으로 관리하고 그들의 권익을 찾아주자는 생각에서 탄생한 헌터 협회는 어느덧 하나의 권력 집단이 되었다.

그러고는 자신들의 이익을 유지하기 위해 정치적 행보를 걸었다.

온갖 곳에 보이지 않는 압력을 행사하기 시작한 것이다.

특히 막대한 부와 권력을 손에 쥔 헌터 협회 임원들은 기득권을 빼앗기지 않기 위해 처음에는 정치권에 손을 대더니, 이제는 마치 마피아처럼 배후에서 국가를 조종하는 위치에 이르렀다.

이렇게 권력의 맛을 들인 헌터 협회 임원 중 한 명이 바로 추경운이었다.

노인태가 대한민국의 경제를 이끌어 나가는 로열패밀리라 하지만, 추경운은 뻔뻔하게 나갈 수 있는 이유가 거기에 있었다.

아니, 추경운은 오히려 자신의 페이스대로 거래를 주도해 나갔다.

헌터 협회의 임원으로서 권력을 유지하기 위해서는 정보의 수집이 필수였고, 그에게 들어오는 많은 정보들 중에서는 노태 클랜과 관련된 정보도 있었다.

노인태가 직접 그런 지시를 내린 것인지는 알 수 없지만, 노태 클랜에서 벌이고 있는 일이라는 사실이 중요했다.

한데 그 정보는 무척이나 심각한 내용을 담고 있었다.

노태 클랜이 뉴 어스의 유물들을 빼돌리기 위해서 사고를 위장해 탐사대를 처리하려 한다는 음모.

임시직으로 계약한 일꾼들은 물론이고, 조사관 중에서도 중요하지 않은 몇몇은 희생양으로 처리할 것이라는 정보였다.

조사관도 몇 명 죽어야 의심을 사지 않을 것이기 때

헌터 프론티어

문이다.

뉴 어스에서 벌어진 사건을 대한민국 정부에서 자세히 조사할 일도 없을 것이고, 만약 조사를 한다고 해도 희생자들은 이미 몬스터의 뱃속으로 들어가 소화가 다 되어 있을 상황.

그야말로 완벽한 완전범죄가 성립되는 것이다.

그런데 이런 계획을 우연히 추경운이 취득하게 되었다.

지금 단계에서야 헛소문이라고 주장할 수도 있겠지만, 만약 실제로 그런 사고가 터진다면 그건 루머가 아닌 진실이 되는 것이다.

실제로도 비슷한 방법으로 던전의 보물을 빼돌리는 헌터 클랜이 많았기에 노태 클랜에서 사건이 터지고, 헌터 협회 임원인 자신이 정보를 입수했다고 발표한다면 의심을 피할 수 없을 것이다.

추경운은 이런 사실을 바탕으로 배짱을 부리는 중이었다.

"어렵게 생각할 것 없습니다. 어차피 처리할 탐사대 안에 정부의 개가 들어간 것을 내가 확인해 준 것 아닙니까. 노 사장님은 계획대로 일을 진행하시면 되고, 저는 이렇게 성의를 받았으니 사고가 터진다면 협회 차원에서 노태 클랜의 불행한 비극에 대해 잡소리가 나오지 않게 원만하게 처리해

드리겠습니다."

추경운은 살짝 웃어 보이며 돈 가방을 자신의 옆자리에 내려놓았다.

'제길, 내가 당했군. 그런데 그런 계획이 있는 것은 어떻게 안 것이지? 설마……'

노인태는 추경운과 달리 인상을 구기며 머릿속으로 복잡한 생각을 이어 나갔다.

추경운과의 거래에서 한 방 먹은 것은 기분은 나쁘지만, 어쩔 수 없다고 치자.

더 큰 문제는 이런 정보가 어떻게 추경운의 귀에 들어가게 되었는지 하는 것이었다.

사실 이번 던전 유물 밀반출 건은 정부 관계자도 포함된 커넥션이 계획했다.

노태 클랜이 던전 발굴권을 취득한 것에서부터 이미 시작된 일인 것이다.

고위층 인사가 관계된 일인 만큼 기밀 유지에 최대한 신경을 썼는데, 추경운이 어떻게 그러한 정보를 알고 있는 것인지 너무도 의아했다.

때문에 설마 하면서도 내부인이 정보를 흘린 것이 아닌가 의심이 되었다.

그렇지 않고서야 정보가 새어 나갈 틈이 없었다.

뭔가 고심을 하는 듯한 노인태의 모습을 가만히 지켜보고 있는 추경운.

그의 눈은 한없이 차가워 마치 더러운 벌레를 내려다보는 듯했다.

물론 추경운 또한 자신의 욕심을 채우기 위한 더러운 벌레일 뿐이었다.

자신의 이익을 위해 다른 사람의 목숨을 하찮게 여기는 노인태나, 그런 노인태의 비리를 알면서도 이득을 챙기는 추경운.

둘 모두 세상에서 없어져야 할 쓰레기일 뿐이다.

† † †

아침 식사를 마친 정진과 세 명의 지원자는 본부 건물 앞으로 향했다.

오늘은 던전 깊은 곳까지 탐사를 간다고 했으니, 다른 때보다 오랫동안 던전에 있어야 할 것이다.

그런 탓에 정진은 던전에 들어가는 인원들의 점심과 저녁 식사를 미리 챙겼다.

점심은 바로 먹을 수 있게 조리가 된 도시락을 받았고, 저녁은 만약을 위한 것이라 조리를 하지 않은 상태로 일단 받아두었다.

대개 던전 탐사는 하루를 넘기지 않았다.

그것은 혹시나 있을지 모를 사고를 막기 위해 만들어진 수칙이었다.

미지의 공간에 깊숙이 들어갔다가 사고를 당하면 목숨을 부지하기 힘들기에 탐사의 거리를 제한한 것이다.

언제 어떤 일이 벌어질지 모르는 이계의 던전이었다.

비록 오래되어 함정들은 망가졌다지만, 그렇다고 무작정 던전 안을 돌아다니는 것은 위험한 일이었다.

안전 수칙은 의외로 반발 없이 잘 지켜졌다.

당사자의 목숨을 지키기 위한 수칙이니 따르지 않을 이유가 없었다.

정진이 탐사 인원의 식량을 챙길 때, 다른 일꾼들은 혹시나 탐사 도중 발견되는 유물을 옮길 수 있도록 지게를 멨다.

일꾼들이 본부 건물 앞에 도착하고 10분 정도 지나자 던전 탐사의 총책임자인 윤문수와 두 명의 조사관이 그의 뒤를 따라나왔다.

그리고 무장을 한 헌터도 네 명이나 뒤따랐다.

그런데 헌터들의 모습이 평소와 조금 달랐다.

지금까지 헌터들이 던전으로 들어갈 때는 최대한 가벼운 무장을 했는데, 오늘은 마치 사냥을 나갈 때처럼 중무장을 하고 있던 것이다.

예상과 다른 헌터들의 모습에 정진은 의아한 표정을 지었지만, 던전의 마지막 부분인 만큼 더 신경을 쓰는가 보다 하고 넘어갔다.

"모두 나왔군. 그럼 가지."

윤문수는 앞장서서 흰머리산 던전 입구로 걸어갔다.

본부 건물에서 불과 300m 정도밖에 떨어지지 않은 던전 입구는 커다란 균열이 생긴 곳이었다.

아무래도 지진으로 인해 흰머리산 일부가 갈라지면서 던전과 연결된 것처럼 보였다.

사실 처음 던전을 발견한 헌터들도 주변을 탐색하며 던전 입구를 찾아보았지만, 끝내 찾을 수가 없었다.

그리고 던전을 조사하는 과정에서 산사태로 인해 원래 입구가 묻혀 버렸다는 것을 알게 되었다.

산의 갈라진 틈을 통해 던전 안으로 들어간 탐사대는 빠르게 복도를 걸었다.

던전 내부는 정진의 처음 예상과는 다르게 LED램프로 인해 무척이나 밝았다.

높이 3m, 폭 2.5m의 던전치고는 무척이나 넓은 복도가 이어져 있어 이동이나 작업에 매우 용이한 환경이었다.

복도를 따라 어느 정도 걷자 연결된 많은 방들이 보였지만, 이미 그곳들은 탐사대에 의해 조사가 끝난 곳들이었다.

이번 던전은 노태 클랜에게는 기쁘게도 참으로 유물이 많이 나오는 던전이었다.

각종 보석류는 물론이고, 내용은 알 수 없지만 중요한 책으로 보이는 물건도 상당히 많이 발견되었다.

신기한 것은 바닥에 쌓인 먼지의 양과 함정들의 상태로 보면 상당히 오랜 기간 방치되어 있었을 텐데, 방에 있는 유물들은 낡기는 해도 보존 상태가 무척이나 좋았다.

그 때문에 처음 책을 발견했을 때 조사관들은 환호성을 질렀다.

만약 책을 통해 뉴 어스에 대한 정보를 조금이라도 알아낼 수 있다거나 마법을 익힐 수 있는 방법이 적혀 있다면, 그야말로 부르는 것이 값이 될 정도로 엄청난 가치를 지녔다고 말할 수 있으리라.

물론 그저 평범한 책이거나 소설이라고 해도 뉴 어스에서 발굴된 책이라 한다면 수집가들에게 비싼 가격에 팔 수 있을 테니, 어찌 되었든 던전에서 책이 발견된 것은 보석이 발견된 것 이상으로 값진 성과였다.

탐사대 일행은 복도를 따라 더욱 깊숙이 들어갔다.

복도의 끝에는 아래로 향하는 계단이 있었다.

정진은 이곳까지 들어온 적이 처음이라 계단의 존재가 무척이나 신기했다.

뚜벅뚜벅.

걸음을 내디딜 때마다 발자국 소리가 요란하게 울렸다.

정진은 문득 이 던전의 주인은 인간과 비슷한 존재가 아니었을까 하는 생각이 들었다.

지금까지 던전에서 발견된 물건들을 보면 인간이 사용하는 것과 무척이나 흡사했다.

의자나 탁자는 물론이고, 식기 세트 등을 봐도 그랬다.

뿐만 아니라 보석과 귀금속으로 치장된 장신구도 다수 발견되었는데, 인간이 아닌 이형(異形)의 모습이라면 결코 착용할 수 없을 것만 같은 형태였다.

이런저런 생각을 하며 탐사대의 뒤를 따르던 정진은 어느 순간 주변이 어두워지는 것을 느꼈다.

"라이트를 켜라."

윤문수의 말에 일행은 일사불란하게 라이트를 켰다.

그러고는 호위를 맡은 헌터들이 일행의 앞뒤로 포진해 걷기 시작했다.

정진은 누가 말해주지 않아도 알 수 있었다.

지금부터 들어가는 곳이 누구도 탐사하지 않은 미지의 공간임을.

지금까지와는 다르게 일행은 무척이나 더디게 움직였다.

하지만 어느 누구도 불평하지 않았다.

던전 안에서는 언제 어떤 일이 벌어질지 알 수 없기에 위험을 피하기 위해서는 당연한 처사였다.

"10m 간격으로 등을 하나씩 떨어트려라."

윤문수가 뒤를 따르는 일꾼들을 향해 지시를 내렸다.

혹시나 나중에 돌아올 때 길을 잃어버리지 않게 조치를 취하는 것이었다.

그의 지시에 정진의 앞에서 걷던 김성수가 LED램프를 꺼내 하나씩 바닥에 내려놓았다.

아무리 밝은 LED램프라도 10m 간격으로 떨어져 있으니 많은 공간을 밝히지는 못했다.

더욱이 바닥에 내려놓다 보니 그 빛은 멀리까지 퍼지지 못하고 램프 주변만을 밝힐 뿐이었다.

"여기 문이 하나 있습니다."

얼마를 걸었을까.

선두에 있던 헌터가 윤문수를 향해 보고했다.

윤문수는 헌터의 앞으로 나섰다.

"잠시 비켜보게."

윤문수가 조심스럽게 문을 열었다.

끼익!

문은 거친 마찰음을 내며 열렸다.

문이 열리자 검은 공간에서 진한 먼지 내음이 확 풍겼다.

"등!"

윤문수의 짧은 외침에 뒤에서 대기하던 조사관 중 한 명이 김성수에게서 LED램프를 넘겨받아 방 안을 비췄다.

지금까지 보아왔던 깔끔한 방과는 다르게 방 내부는 무척이나 지저분했다.

아니, 단순히 지저분한 정도를 떠나 악취까지 풍겨왔다.

오랜 기간 밀폐되어 있다가 갑자기 방문이 열리면서 내부의 탁한 공기가 한꺼번에 쏟아져 나온 것이다.

정말이지 참기 힘든 악취는 탐사대 전원의 코를 괴롭혔다.

"우욱!"

"욱!"

일부 탐사대원은 헛구역질마저 할 정도였다.

나머지 사람들 역시 간신히 버티고 있을 뿐이었다.

"모두 조심해!"

헛구역질을 하는 사람들을 향해 윤문수는 고함을 질렀다.

괜히 구역질로 주변을 더럽혀 이계의 유물에 손상을 줄 수도 있기 때문에 주의를 준 것이다.

어느 정도 시간이 흐르고, 약간은 정화가 된 듯 악취가 한결 약해졌다.

이제 나름 버틸 수 있는 정도가 되자 탐사대는 램프를 달아 내부를 밝게 했다.

그런 후, 탐사대는 자신들이 들어선 방이 기존의 방들과 다른 용도로 사용된 곳임을 알 수 있었다.

녹이 잔뜩 슬어 있는 쇳덩이들은 어떤 용도로 사용되었는지 한눈에 짐작케 해주었다.

뿐만 아니라 방 안에 있는 구조물들도 그리 낯선 것들이 아니었다.

"아무래도 이곳은 이계인들의 주방인 것 같군."

"그렇습니다. 지금까지 발견된 물건들이나 구조물을 보면 아무래도 뉴 어스에도 인간이 살고 있었나 봅니다."

헌터 프론티어

"그래. 그러고 보니 그런 논문을 본 적이 있는 것 같아. 이번 발굴은 무척이나 중요한 발견이 되겠어."

"그렇습니다, 박사님. 이번 던전 발굴에 대한 논문만 정리해서 발표한다면, 박사님은 스티븐 킹이나 로버트 미첨 박사 못지않은 명성을 얻을 것입니다."

윤문수를 따르는 조사관 중 한 명인 김형인은 윤문수를 한껏 띄우며 아부를 하였다.

"하하하, 아무리 그렇다고 내가 몬스터학의 권위자인 스티븐 킹 박사나 뉴 어스 고고학의 아버지인 로버트 미첨 박사의 명성을 따를 수 있겠나."

윤문수 박사는 말로는 겸손을 떨었지만, 눈은 한없이 욕망으로 타올랐다.

정말로 생각지도 못한 곳에서 엄청난 유물들이 쏟아졌기 때문이다.

이곳 던전에서 발견된 책만 연구해도 아마 방금 전 언급된 스티븐 킹이나 로버트 미첨을 능가하는 명성을 얻을 수 있을 것이라 자신했다.

더욱이 이곳 던전은 보존 상태가 무척이나 양호했다.

자신의 예상대로 이곳이 원래 던전이 아니라 인간의 주거 공간이라면, 그야말로 학계를 뒤흔들 만한 발견을 한 셈이었다.

윤문수는 사실상 자신의 예상에 대해서 확실하다고 결론을 내린 상태였다.

던전의 구조나 재질로 보아 원래부터 산에 동굴을 파낸 것이 아니었다.

아마도 산사태와 같은 재해로 인해 건물이 땅에 묻힌 것이 아닌가 짐작되었다.

그 때문에 건물 안에 있던 사람들은 미처 대피하지 못해 목숨을 잃었으리라.

결국 세월이 흘러 시신은 삭아 먼지가 되었고, 건물 안에 있던 물건들만이 덩그러니 남게 되었을 테고 말이다.

실제로 위층에 있는 방에서도 테이블에 음식을 담았을 법한 식기 세트가 발견되기도 했고, 또 타다 만 밀랍으로 만든 초도 발견되었다.

"여긴 별거 없는 것 같으니, 다른 곳을 살펴보기로 하지."

"알겠습니다."

윤문수는 사람들의 관심을 끌 만한 유물이나 돈이 되는 보물이 없다고 결론 내리고는 서둘러 다른 곳으로 향했다.

세기의 발견을 눈앞에 두고 있다는 생각에 윤문수의 발걸음은 한층 빨라져 있었다.

　주방에서 나온 탐사대 일행은 다시 어두운 복도를 지나 더 깊은 곳으로 이동했다.

Chapter 8
위대한 발견

우르르릉!

투두둑! 투두둑!

그때, 갑자기 던전이 흔들리기 시작했다.

지진이라도 난 것인지, 던전 천장에서는 돌 부스러기가
떨어졌다.

"뭐, 뭐야?"

또다시 나타난 계단을 내려가던 탐사대 일행은 모두 당황
하여 벽을 붙잡고 멈춰 섰다.

천장에서 떨어지는 돌들이 일행들의 간담을 서늘하게 만
들었다.

이대로 던전이 무너지기라도 한다면 생매장당하기 딱 좋은 상황이었다.

"모두 조심해!"

누구인지는 모르겠지만, 계단 벽에 기댄 누군가가 소리를 쳤다.

정진도 다른 사람들처럼 한쪽 벽을 붙잡고 몸을 최대한 낮췄다.

그러면서 혹시라도 천장에서 돌덩이가 떨어질지 몰라 등에 매고 있는 짐으로 머리를 감쌌다.

이런 곳에서 자칫 다치기라도 한다면 계약직인 자신은 제대로 된 보상을 받지 못할 것이다.

또 얼마쯤 보상을 받는다고 해도 가족들이 많이 상심할 것이다.

그러니 최대한 다치지 않고 무사히 집으로 돌아가는 것이 최선이었다.

많은 상념을 하며 한동안 웅크려 기다리자 흔들림이 서서히 잦아들었다.

"이제 그쳤나 보군. 그만 일어나지."

진동이 멈추자 윤문수는 자리에서 일어나 일행들을 채근했다.

하나둘 자리에서 일어나기는 했지만, 탐사대원들의 얼굴에서는 더 이상 호기롭던 모습을 찾아볼 수 없었다.

미탐사 지역을 둘러본다고 했을 때만 해도 새로운 발견에 대한 기대로 희망에 들떠 있었는데, 조금 전 발생한 지진으로 불안을 느낀 것이다.

그런 탓에 다들 말은 하지 않지만 그만 캠프로 돌아갔으면 하는 마음이었다.

"저, 박사님."

"뭔가?"

"밑으로 내려와서는 별로 발견되는 것도 없는데, 이만 캠프로 돌아가는 것이 어떻겠습니까?"

조사관 중 윤문수 다음으로 직위가 높은 김형인이 조심스럽게 복귀를 건의하였다.

하지만 윤문수는 지금 캠프로 돌아가고 싶은 생각이 결코 없었다.

이번 던전 탐사를 통해 학계의 유명 인사가 될 꿈에 부풀어 있는데, 아직까지는 업계를 확 뒤집을 한 방을 찾지 못했다.

당연히 그로서는 아무런 소득도 없이 그냥 나가고 싶은 생각이 없었다.

사실 이런 윤문수의 욕심은 김형인의 탓이 컸다.

던전에 들어와 얼마 되지 않았을 때, 그가 던진 아부가 윤문수의 욕망에 불을 지핀 것이었다.

총책임을 맡고는 있지만, 사실 윤문수가 가진 학계에서의 지위는 별로 대단할 게 없었다.

그저 많고 많은 학자들 중 하나일 뿐.

다른 헌터들이 발굴한 유물이나 몬스터의 사체를 연구하는 것이 그가 하는 일의 전부였다.

그러다 보니 업계에선 그가 아무리 많은 논문을 발표해도 인정해 주지 않았다.

직접 발로 뛰지 않은 학자의 논문을 어떻게 인정을 해줄 수 있냐는 논조였다.

뿐만 아니라 학계에선 윤문수를 실험실에서 연구만 한다고 해서 뒷방 늙은이라 부르거나 현장이 아닌 책상 앞에 앉아서 학위를 땄다고 해서 도박사라 부르며 조롱을 일삼았다.

당연한 말이겠지만, 그러한 조롱은 윤문수의 내면 깊숙이 상처로 남았다.

자신 또한 열심히 연구를 하고 노력을 했는데, 어째서 알아주지 않는 것인가.

그렇다면 방법은 하나밖에 없었다.

다른 이들이 비웃을 여지를 남기지 않는 것.

그것이 이번 탐사에 참가하게 된 진정한 이유였다.

그러던 중 김형인이 생각 없이 날린 아부에 윤문수는 그간의 무시와 설움을 떠올릴 수 있었다.

그리고 이번 기회에 세간의 평가를 모두 뒤집을 수 있다는 생각에 빠져들었다.

사실 이번 탐사에서 발견한 유물들로 인해 뉴 어스의 문명이 어떻게 발전을 했고, 이계인들이 어떤 생활을 하였는지 알 수 있게 될 테니, 김형인의 아부가 전혀 허무맹랑한 것도 아니었다.

한 번 욕심이 생기자 그는 학계 사람들이 인정하지 않을 수 없게 만드는, 확실한 것을 찾으려 했다.

"지진도 지나갔는데 뭐가 그렇게 두려워 벌써 나가자는 것인가! 나가려면 자네나 나가게!"

윤문수는 신경질을 부리며 계단을 내려갔다.

그에 김형인의 얼굴은 보기 싫게 일그러졌다.

'제길, 정말 지가 잘난 줄 아는 모양이네. 사이비 주제에.'

자신의 잘못은 생각도 않은 채 두려운 마음에 윤문수를

원망하는 김형인.

사실 그 역시도 평소 윤문수를 비웃고 욕하던 이 중 하나
였다.

하지만 총책임자인 윤문수가 밖으로 나갈 생각을 하지 않
으니 뭐라 이의를 제기할 수도 없었다.

결국 탐사대는 계단을 통해 계속해서 지하로 내려갔다.

그렇게 얼마를 내려갔을까.

마침내 계단 끝에 이르러 옆으로 난 복도가 나타났다.

이곳 던전은 여러 층으로 나뉘어져 점점 깊숙한 지하로
내려가도록 구조가 이루어져 있는데, 절대로 한 번에 밑으
로 내려가는 법이 없었다.

한 층 내려갈 때마다 복도가 나오고, 복도의 반대쪽 끝에
다다라야만 다시 아래로 내려가는 계단이 나왔다.

그 때문에 몇 층 내려오지 않았음에도 시간은 어느덧 저
녁이 다 되어 있었다.

원래 계획은 저녁이 되기 전에 탐사를 마치고 캠프로 복
귀하는 것이었다.

하지만 윤문수는 눈앞에 새로운 층이 나타나자 욕심이 생
겼다.

"박사님, 오늘은 너무 늦었으니 이만 철수하시죠?"

헌터 중 경호 책임자가 여전히 멈추지 않은 채 전진하려는 윤문수를 향해 말했다.

발견되는 방마다 확인을 하고 내려왔기에 돌아갈 때는 시간이 많이 소요되지는 않겠지만, 그래도 이미 상당히 깊이 내려온 터였다.

더 이상 들어가지 않고 발길을 돌려야 오늘 내에 캠프로 돌아갈 수 있었다.

그래서 철수를 제안한 것이었다.

하지만 이미 욕심에 눈이 뒤집힌 윤문수의 귀에는 그런 말은 전혀 들어오지 않았다.

"음, 여기까지만 살펴보고 올라가기로 하지."

윤문수는 정말로 이번 층까지만 확인하고 돌아갈 생각이었다.

아무리 욕심이 난다 해도 헌터들의 말을 무시할 수는 없기 때문이다.

뉴 서울로 복귀할 때, 몬스터의 위협으로부터 지켜줄 수 있는 존재가 눈앞에 있는 헌터들이다.

아무런 무력이 없는 자신이나 조사관들은 이곳 던전 캠프에서나 중요한 존재이지, 돌아가는 길에는 헌터들에게 전적으로 의존해야만 하는 유약한 인간일 뿐이었다.

게다가 노태 클랜에서도 만약 정말로 위급한 지경에 처하게 되면 던전에서 발굴된 유물을 우선적으로 챙기라는 지시가 내려졌을 것이다.

조사관들은 돈을 주고 다시 영입을 하면 그만이지만, 뉴어스의 유물은 억만금을 주고도 구하기 힘들었다.

즉, 가치부터가 전혀 달랐다.

일꾼이나 헌터보다야 구하기 힘들겠지만, 그래 봤자 아티팩트와 비교해선 오십보백보였다.

그러니 헌터들과 척을 져서는 결코 좋을 게 없는 것이다.

당연히 김형인이 제안할 때와는 무게감도 달랐다.

하지만 여전히 아쉬움이 남기에 사정을 하듯 요청을 한 것이다.

"알겠습니다. 그럼 여기서 간단하게 저녁을 해결하고 이층만 마저 둘러보기로 하지요."

한시라도 빨리 다음 층의 유물을 보고 싶은 윤문수였지만, 어차피 더 이상 내려가는 것은 무리였다.

아쉬운 마음을 어느 정도 수습한 윤문수는 그나마 이번 층까지는 살펴볼 수 있겠다는 생각에 얼른 수긍을 하였다.

"그렇게 하게."

"알겠습니다. 그럼… 당신들은 서둘러 저녁 준비를 해주시오."

경호 책임자는 뒤따르던 일꾼들에게 명령을 내렸다.

정진은 얼른 메고 있던 배낭을 바닥에 내려놓고 식사 준비를 시작했다.

지금 배낭에 담겨 있는 것들은 조리가 필요한 것들이다.

물론 도구를 준비하는 둥의 거창한 일은 아니었다.

양념까지 다 배합이 된 즉석식품이기에 물만 부어주면 끝이었다.

정진은 물을 끓이기 위해 고체연료에 불을 붙이고 물이 담긴 냄비를 올려놓았다.

짧은 저녁 식사를 마치고, 탐사대는 다시 던전 복도를 LED램프로 밝히며 주변을 살폈다.

"음?"

그러던 중 정진은 램프를 내려놓던 순간, 벽 쪽에서 무언가 반짝임을 보았다.

그냥 무심코 지나칠 수도 있는 일이었다.

하지만 혹시나 하고 가까이 다가가 살펴보니, 갈라진 틈새로 금속성의 무언가가 보였다.

아마도 램프의 빛이 그것에 반사되어 반짝인 것 같았다.

"박사님, 여기 좀 와보십시오!"

정진은 헌터들과 함께 앞서서 걸어가고 있던 윤문수를 불렀다.

저것이 무엇인지는 모르겠지만, 반드시 알려야 할 것 같았다.

윤문수는 50대 후반이라는 나이가 무색할 만큼 빠른 걸음으로 다가왔다.

"뭔가? 무슨 일이기에 날 그리 불렀나?"

윤문수는 헌터나 조사관이 아닌, 일개 일꾼이 자신을 부르자 뭔가 있다는 생각에 얼른 물었다.

비록 일꾼이긴 하지만 무척이나 적극적이고 자신의 일은 확실하게 하는 젊은이가 아니던가.

내색은 하지 않았지만, 윤문수는 정진을 상당히 좋게 보고 있었다.

그래서 기대감은 더욱 커졌다.

아니나 다를까, 윤문수의 기대에 부응하듯 정진이 한쪽 벽을 가리키며 대답했다.

"여기 무너진 틈이 보여 안을 확인하니, 뭔가 커다란 물체가 보입니다."

윤문수는 정진의 말을 듣고 틈을 들여다보다 깜짝 놀랐다.

정체가 무엇인지 알 수는 없지만, 뭔가 촉이 왔다.

'저 안에 뭔가가 있다!'

흥분한 윤문수는 틈새 주변의 흙을 치우기 시작했다.

"박사님, 저희가 하겠습니다."

윤문수가 나서는 모습에 그의 제자들이 얼른 다가와 거들었다.

정진과 다른 일꾼들도 덩달아 작업에 투입됐다.

여러 사람이 달려들자 복도 중간을 가리고 있던 벽이 한순간에 치워졌다.

벽인 것처럼 보였던 그것은 무너져 쌓여 있던 흙더미였다.

그리고 그 너머로는 커다란 문이 모습을 보이고 있었다.

상단 부분이 지진으로 무너지면서 깨진 듯했지만, 아랫부분은 멀쩡했다.

윤문수는 조심스럽게 문을 열었다.

"헉! 세상에!"

뒤에서 지켜보던 탐사대 인원들은 너무도 놀라운 광경에 숨을 들이켜며 안쪽을 바라보았다.

문 안쪽에는 어마어마한 크기의 강철 거인상이 위엄이 서린 모습으로 서 있었다.

탐사대 일행들은 모두 할 말을 잃었다.

전방에 보이는 물체는 아머드 기어와 비슷한 모습을 하고 있지만, 절대로 아머드 기어는 아니었다.

지금까지 알려진 그 어떤 아머드 기어도 지금 보고 있는 강철 거인이 내뿜고 있는 중압감을 안겨주지는 못했다.

노태 클랜도 무사시 Ⅱ의 호위를 받으며 이곳 흰머리산 던전까지 왔다.

그런데 눈앞의 강철 거인은 그보다도 훨씬 커 보였다.

무사시 Ⅱ는 일본에서 만들어진 것으로, 그리 큰 기종은 아니지만 대략 5m 정도에 달했다.

아머드 기어 중 가장 큰 미국의 헐크도 6.5m 정도였다.

하지만 지금 눈앞에 있는 것은 대충 짐작해도 10m 정도는 되어 보였다.

그뿐만이 아니었, 눈앞의 강철 거인은 형태도 아머드 기어보다 더 인간 형태에 가까운 모습이었다.

마치 신화에 나오는 전쟁의 신이 인간을 내려다보는 듯 위압적인 모습.

한데 그런 강철 거인이 한 기도 아니고, 무려 세 기나 방

안에 자리 잡고 있었다.

자세히 살펴보니 단순한 동상은 아니었다.

그 이유는 바로 관절의 모습 때문이다.

동상이라면 굳이 관절을 만들 필요가 없을 것이다.

게다가 이곳이 공방이 아닌 이상 같은 모양의 동상을 세 개나 만들 이유가 없었다.

그런 까닭에 윤문수를 비롯한 조사관들은 눈앞의 강철 거인을 아머드 기어와 같은 탑승형 병기라 판단했다.

더군다나 지금 강철 거인들은 마치 갑옷을 입은 중세 기사들처럼 커다란 방패와 거대한 검을 가지고 있었다.

방패는 거의 인간의 세 배에 이르는 크기인데다 한 손에 쥐고 있는 검도 6m 정도였다.

정진과 탐사대는 강철 거인의 위용에 압도되어 아무 말도 하지 못하고 한동안 그저 지켜보기만 했다.

만약 말을 잘못 꺼내기라도 했다가는 눈앞에 있는 강철 거인이 자신을 향해 커다란 칼을 휘두를 것만 같았기 때문이다.

어느 정도 시간이 흐르고 나서야 사람들은 정신을 차릴 수 있었다.

'이건 날 스티븐 킹이나 로버트 미첨과는 비교도 할 수

없는 학자로 만들어줄 수 있다!'

윤문수는 본능적으로 알 수 있었다.

자신이 지금 어떤 것을 발견한 것인지 말이다.

그런데 이런 사실이 외부로 흘러가선 결코 좋을 것이 없었다.

어떤 일이 벌어질지 모르기 때문이다.

정부에서 강철 거인을 빼앗기 위해 던전 발굴권을 회수할 수도 있고, 경쟁 클랜의 경우 어떤 수단과 방법을 동원해서라도 욕심을 낼 만한 물건이었다.

아무리 노태 클랜이 노태 그룹 산하의 헌터 클랜이라 해도 상대는 국가였다.

뿐만 아니라 대한민국에는 노태 그룹보다 더 큰 세력을 갖춘 기업이 일곱 개나 더 있는데, 그중에 헌터 클랜을 운영하지 않는 그룹이 없었다.

그러니 정부뿐만 아니라 다른 그룹이나 클랜도 얼마든지 욕심을 부릴 수 있는 일이었다.

바쁘게 머리를 굴린 윤문수는 곧 아이디어를 생각해 냈다.

우선 헌터들을 시켜 아직 문밖에 있는 일꾼과 일부 헌터들을 들어오지 못하도록 통제했다.

비밀이란 최대한 적은 인원이 알고 있어야 오래가는 법.

현재 눈앞에 있는 아머드 기어를 꺼내기 위해선 대형 장비가 필요했다.

당연히 지금 당장 할 수 있는 일은 없었다.

결국 다시 이곳을 찾을 때까지 철저하게 비밀이 유지되어야 했다.

웅성웅성.

"조심해!"

"야야! 거기 떨어지지 않게 난간 설치해!"

윤문수와 탐사대는 던전을 나오며 의아한 표정을 지었다.

늦은 시간임에도 분주하게 움직이고 있는 던전 캠프의 모습이 잘 이해되지 않은 까닭에서였다.

던전 입구에는 조명이 켜져 있어 캠프까지 내려오는 데는 별 무리가 없었다.

캠프에 도착한 탐사대 일행은 무슨 일로 어수선한지 이내 알 수 있었다.

캠프 중앙에 뚫려 있는, 커다란 싱크홀을 발견한 것이다.

얼마나 깊은지 바닥이 보이지 않을 정도의 싱크홀.

피해 면적만 따져 봐도 상당하여 캠프의 절반 정도가 땅속으로 함몰되어 있었다.

뿐만 아니라 광장 외각에 세워두었던 아머드 기어 두 기도 땅속으로 딸려 들어갔다는 이야기도 들을 수 있었다.

그 말인즉, 지금 상황에서는 뉴 서울로 돌아갈 수 없다는 의미였다.

아머드 기어의 가격도 결코 무시하지 못할 금액이긴 하지만, 더욱 큰 문제는 따로 있었다.

던전까지 오는 동안 탐사대를 덮친 거대 몬스터.

네 기의 아머드 기어와 호각을 펼친 놈을 생각하면 위험 부담이 너무도 컸다.

결국 땅속으로 꺼진 두 기의 아머드 기어를 찾아야지만 안전한 복귀가 가능하다는 말이었다.

윤문수는 대책을 마련하기 위해 하정수 팀장을 찾았다.

"싱크홀로 빠진 아머드 기어를 찾기 전까지는 뉴 서울로 복귀할 수 없습니다."

역시나 하정수 팀장의 입장은 윤문수의 예상을 벗어나지 않았다.

한시라도 빨리 노태 그룹 수뇌부와 연락을 취해 역사적인 발견을 자랑하려던 윤문수는 절로 인상을 구겼다.

성공적인 발굴을 위한 자신의 계획이 틀어질지 모른다는

우려 때문이었다.

하지만 곧 다른 생각이 들었다.

'아니지, 따지고 보면 복귀가 늦어지는 것이 꼭 나쁜 일만은 아니야.'

다시 생각해 보니 작금의 사태를 긍정적으로 이용할 수 있겠다는 판단이 든 것이다.

사실 그로서는 오늘 던전 지하에서 발견한 아머드 기어의 처리 방법에 대해서 좀 더 고민해 볼 시간이 필요했다.

'그런데 그걸 아머드 기어라고 부를 수 있을까?'

윤문수는 던전 지하의 강철 거인을 떠올리며 무언가 자신의 업적을 나타내고 싶다는 생각이 들었다.

'그래, 그걸 아머드 기어라고 부르기엔 뭔가 부족하지. 그럼 어떤 이름이 좋을까?'

그러던 중 윤문수의 뇌리로 문득 떠오르는 이름이 있었다.

"그래, 타이탄! 신화에 나오는 이름을 따 타이탄이라 부르자!"

어느새 자신만의 생각에 빠져든 윤문수는 상상의 나래를 펼치느라 여념이 없었다.

자신이 붙인 이름이지만, 생각할수록 무척이나 마음에 들었다.

10m에 이르는 커다란 덩치나 위압감 등을 고려해 보니, 아머드 기어보다는 타이탄이라는 이름이 훨씬 더 어울렸다.

그리고 따져 보면 타이탄과 아머드 기어는 생김새도 달랐다.

아머드 기어는 사람이 탑승 가능한 몸체에 팔다리가 붙어 있는 형태로, 인간으로 치면 머리 부분이 없었다.

그런데 타이탄은 완벽한 인간형으로, 팔다리는 물론이고 머리도 존재했다.

다만, 어떻게 탑승을 하는 것인지는 연구를 해봐야 할 것 같았다.

사실 탐사대가 이렇게 늦게 던전을 나오게 된 것은 윤문수가 타이탄을 좀 더 조사하다 늦어진 탓이었다.

타이탄이 단순한 동상이 아닌 것은 알았지만, 어떻게 구동을 하는 것인지 메커니즘을 발견할 수는 없었다.

그 때문에 한참 동안 타이탄을 조사하다 시간이 너무 늦어져 일단 캠프로 복귀를 한 것이다.

어차피 며칠 더 여유가 있으니 내일 날이 밝으면 다시 내려가 연구를 하면 될 일이었다.

"오늘은 너무 늦었으니 그만 들어가서 쉬고, 오늘 탐사에 참여했던 사람들은 준비를 해서 내일 아침 일찍 이 앞으로 나오도록."

윤문수는 혹시나 오늘 던전에서 발견한 것들에 대해 외부로 말이 퍼질 것을 우려해 사람들에게 단단히 비밀을 유지시켰다.

그와 동시에 인원 교체 없이 탐사대를 그대로 구성했다.

비단 헌터나 조사관뿐만 아니라 잡일을 담당한 일꾼들도 마찬가지였다.

"알겠습니다."

"참, 내일은 오늘 못 돌아본 지역까지 모두 수색할 것이니 충분한 준비를 하고 나오도록. 내일 탐사는 하루 만에 다시 돌아오지 않고 3일간 던전 안에서 지내며 조사를 할 것이니, 하정수 팀장에게 말해서 헌터도 몇 명 더 투입하라고 전해."

윤문수는 캠프 중앙 건물로 들어가면서 김형인에게 지시를 내렸다.

"알겠습니다. 하정수 경호팀장에게 그렇게 전하겠습니다."

"좋아. 다들 오늘은 수고했네."

"감사합니다."

윤문수는 오늘 대단한 발견을 했다는 생각에 밝게 웃으며 말했다.

김형인도 얼굴이 활짝 펴며 인사했다.

사실 윤문수가 조사관들에게 이렇게 치하하며 살갑게 말을 건네는 일은 거의 없었다.

자신의 명리만 추구하고, 아랫사람에 대한 배려는 찾아보기 힘든 것이 윤문수의 성격이었다.

그러다 보니 자연 오래 남아 있는 사람이 없었다.

지금 조수를 맡고 있는 김형인 또한 윤문수의 밑에서 연구를 하기 시작한 지 1년이 조금 넘었을 뿐이다.

전에 있던 조수는 윤문수의 이기심에 진저리를 치고 학위를 받자마자 독립하여 다른 클랜으로 가버렸다.

덕분에 김형인이 경력이 부족함에도 불구하고 조수의 자리를 차지할 수 있었지만, 솔직히 그 또한 학위만 취득하면 독립을 하겠다며 벼르고 있었다.

그러던 차에 오늘 생각지도 못한 발견을 하게 되면서 그 계획은 조금 뒤로 미뤄지게 되었다.

오늘 발견한 타이탄의 연구에 참여하게 되면 분명 자신에게도 적지 않은 떡고물이 떨어질 것이라 판단했기 때문이다.

오늘 윤문수의 반응을 보면 자신도 연구에 참여시킬 것이
확실했다.

욕심 많은 윤문수는 절대로 자신의 업적을 다른 사람과
나누려 하지 않을 테니, 분명 오늘 함께 들어갔던 조사관들
만 불러서 연구를 할 것이다.

물론 본격적인 연구팀을 꾸리게 되면 클랜에서 몇몇 유
명 인사를 투입시키기는 하겠지만, 어찌 되었든 최초 발견
자와 함께 있던 팀의 일원이니 자신은 분명 포함될 것이
다.

그렇게 계산을 마친 김형인은 언제 불만을 품었냐는 듯
윤문수의 곁에 찰싹 달라붙어 있어야겠다고 마음먹었다.

한편, 정진과 일꾼들도 자신들의 숙소로 향했다.

다른 이들은 싱크홀 주변으로 안전 펜스를 치느라 분주하
게 움직이고 있지만, 오늘 던전에 들어갔던 일꾼들은 작업
에서 제외되었다.

물론 같은 처지에 도움을 줄 수도 있겠지만, 탐사대에 참
여했던 일꾼들은 무척이나 지쳐 있어 그런 수고를 해줄 여
력이 없었다.

오늘 하루는 정말이지 긴 하루였다.

"고생 많았다."

정진과 일꾼들이 지친 몸을 이끌고 숙소로 들어가니, 이정진이 숙소로 들어오는 정진과 일꾼들을 맞이해 주었다.

"예, 형님. 지금 돌아왔습니다."

정진은 어느새 이정진과 형님, 동생 하는 사이가 되어 있었다.

이름이 같다는 이유로 이정진이 특별히 정진을 잘 챙겨주었기 때문이다.

이번 일을 마치고 헌터가 되려는 정진에게 이정진과의 인연은 많은 도움이 되었다.

덕분에 헌터로서의 경험이나 클랜과 계약을 하는 일 등에 대해 많은 도움을 얻기도 했다.

"얼른 씻고 쉬어라. 내일도 던전에 일찍 나간다며?"

"예. 그럼 저흰 씻고 오겠습니다."

정진과 일꾼들은 샤워장으로 향했다.

이정진의 말이 아니더라도 정말로 무척 피곤했기에 얼른 씻고 쉬고 싶은 마음뿐이었다.

정진이 기분 좋게 샤워를 즐기고 있을 때, 샤워장 한쪽에서 오늘 함께 탐사에 나섰던 일꾼들이 주고받는 이야기 소리가 들려왔다.

"도대체 뭘 찾았기에 그렇게 탐사대장이 그렇게 흥분했던 것일까?"

그중 한 명이 마지막 탐사 구역에서 접근을 불허한 것에 대해 의문을 제기했다.

"나야 알 수가 있나. 나 또한 자네하고 함께 복도에 있었지 않은가."

"참, 그랬지. 아, 도대체 그 안에 뭐가 들어 있었던 거지……."

김현욱은 도저히 궁금증을 참을 수가 없었다.

아예 몰랐다면 상관없었겠지만, 바로 코앞에서 가로막고 보여주지를 않으니 괜히 더 궁금해졌던 것이다.

"아, 그래. 정진 군."

김현욱과 이야기를 나누던 한기훈은 조금 떨어져 씻고 잇던 정진을 돌아보며 불렀다.

"예? 부르셨어요?"

"그래. 자네가 처음 그곳을 발견했고, 또 잠시 안에도 들어갔다 왔으니 뭐가 있었는지 봤을 것 아닌가."

한기훈은 사실 유물에 대한 관심은 없었다.

하지만 윤문수가 정진에게 엄청난 보상에 대한 약속을 한 것을 들었기에 그 안에서 발견한 것이 대체 무엇인지 궁금했다.

김현욱도 호기심 가득한 눈으로 정진을 돌아보았다.

두 사람의 시선이 모두 자신에게 쏠리자 정진은 작게 한숨을 쉬며 대답했다.

"그게… 저도 정확하게 뭔지는 알 수가 없어요. 다만, 엄청 커다란 것이었어요. 저 밖에 있는 아머드 기어보다 배는 더 커보였어요."

정진은 말을 하면서 오늘 던전 안에서 본 그것의 위용을 새삼 떠올렸다.

마치 태산처럼 우뚝 솟아 있는 투구와 목을 타고 내려오는 어깨선은 무척이나 아름다웠으며, 우람한 상체는 단단하며 힘이 넘쳐 보였다.

쇠로 만든 것임에도 불구하고 마치 살아 있는 생명체를 보는 것만 같았다.

더욱이 양손에 들고 있던 칼과 방패는 마치 한 몸인 양 자연스럽게 어울려 강철 거인의 강력함과 단단함을 대변해 주는 듯했다.

잠깐이지만 뇌리에 깊숙하게 박혀 버린 강철 거인의 모습을 떠올리던 정진의 상념은 거듭되는 한기훈의 질문에 깨지고 말았다.

"설마 몸집만 크다고 그 깐깐한 탐사대장이 자네에게 보상까지 한다고 했을라고… 너무 궁금해서 그러니 그 안에 뭐가 있었는지 속 시원히 이야기 좀 해주게."

한기훈의 말에 정진은 잠시 고민을 하다 이야기를 들려주었다.

굳이 자신이 말을 하지 않는다고 해서 오늘 발견한 것이 알려지지 않지는 않을 거란 생각에 크게 고민하지 않았다.

더군다나 이들은 오늘 자신과 함께 던전 안에서 지진까지 겪어가며 고생했던 동료들이 아닌가.

"제가 탐사대장인 윤문수 박사님의 이야기를 살짝 들었는데, 아무래도 그게 이곳 뉴 어스의 사람들이 사용하던 대 몬스터 병기일 것이라고 하더라고요."

"그게 참말인가? 그럼 그 큰 것을 아머드 기어처럼 타고 움직인다는 거야?"

"저야 모르죠. 윤문수 박사님이 그렇다고 하니 그런가 보다 하는 거죠."

"와! 그럼 노태 클랜의 이번 던전 탐사는 대박이구만,

대박."

"그러게 말이야. 정진이, 자네도 축하해."

자신이 본 것에 대해 자세히 묘사하며 들려주는 정진의 말에 두 사람은 벌어진 입을 다물 수가 없었다.

아울러 던전을 나오기기 전 윤문수 박사가 정진에게 한 이야기를 떠올렸다.

물론 정진뿐만 아니라 탐사에 나섰던 모든 사람들에게 보상을 주겠다 말했지만, 타이탄이 있던 방을 가장 먼저 발견한 정진에게 특별히 더 많은 보상을 약속했다.

사실 두 사람은 정진에게 조금 질투가 나기는 했다.

어쩌면 자신이 먼저 발견할 수도 있었다는 생각은 인간이라면 누구나 가질 수 있는 생각이었기에.

어찌 되었든 정진이 발견한 것 덕분에 자신들도 보너스를 받게 되었으니 그래도 고마운 일이기는 했다.

"감사합니다."

"그래, 정진이 덕에 보너스도 다 받게 되었구나. 내 뉴 서울에 가면 한턱 쏜다."

김현욱은 벌써부터 신이 나는지 조금 들뜬 목소리로 말했다.

이제 조금만 더 있으면 던전 탐사도 마무리될 테니, 두둑

한 보상을 받고 지구로 돌아갈 날도 머지않아 보였다.

"좋아, 그럼 난 2차를 쏘지."

"하하하하!"

두 사람은 호탕한 웃음을 터트리고는 샤워를 마치고 숙소로 돌아갔다.

정진도 얼른 몸을 씻고 두 사람을 따라갔다.

† † †

"그게 정말입니까?"

흰머리산 캠프의 경비 책임자인 박용식은 윤문수의 말에 깜짝 놀라 되물었다.

"사실이라네. 만약 그것이 정말로 아머드 기어처럼 탑승을 할 수 있는 것이 확실하다면 우리 클랜은 엄청난 발견을 한 것이야. 그동안 뉴 어스에서 발견한 것들을 모두 합쳐도 이보다 더 엄청난 이윤을 클랜에 가져다주지는 못할 것이네."

윤문수는 흥분한 마음에 열변을 토하며 자랑했다.

사실 어느 누구도 이의를 가질 수 없는 위대한 발견이기는 했다.

지금까지 이곳 흰머리산 던전에서 많은 유물을 발굴하긴 했지만, 노태 클랜 상부에서 상상하던 정도의 이윤은 아직 나오지 않았다.

물론 손해를 봤다고 할 수는 없지만, 학술적인 가치는 높을지언정 큰돈이 되지는 않았다.

실질적으로 돈이 될 만한 아티팩트류는 다른 던전들에 비해 그리 많이 발견되지 않은 것이다.

다만, 많은 수량의 장서나 도구들은 가치가 정해져 있지 않았기에 콜랙터들에게 비싼 가격에 팔 수 있을 거란 기대가 있는 정도였다.

사실 클랜 상부에선 이번 던전을 차지하기 위해 정부에 많은 뇌물을 사용했다.

뿐만 아니라 일부 간부들은 던전에서 발견되는 아티팩트를 몰래 빼돌리려고 작당을 하고 있었는데, 그렇게 위험부담을 감수할 만한 물건이 전혀 나오지 않아 고민이었다.

그런데 윤문수가 던전의 미개척 지역에서 엄청난 것을 발견했다.

비록 깊숙한 곳에 있어 지상으로 꺼내는 것이 쉽지는 않겠지만, 그건 차후의 문제였다.

세상에 발표만 하게 되면 엄청난 반향을 일으킬 것이고, 또 메커니즘을 풀어내 복제할 수만 있다면 노태 클랜은 세계적인 헌터 클랜으로 발돋움할 수 있을 것이었다.

그런 미래가 꿈만은 아닐 정도로 타이탄은 아머드 기어를 훨씬 뛰어넘는 위용을 보여주었다.

"그런데 그것이 정상적으로 작동을 할까요?"

한창 고무된 분위기에 찬물을 끼얹듯 하정수 경호팀장이 물었다.

인간이 뉴 어스에 진출을 한 지 어느덧 30여 년이 되어가고 있다.

비록 뉴 어스 모든 지역에 인간이 진출한 것이 아니기에 확실히 단정 지을 수는 없는 노릇이지만, 아직까지 뉴 어스 어느 곳에서도 지적 생명체를 발견했다는 보고는 없었다.

희한하게도 아티팩트나 유물들은 모두 인간의 신체에 맞게 제작되어 있었지만.

물론 사이즈는 잘 맞지 않는 경우도 있긴 하지만, 대략적으로 비슷한 크기이거나 조금 더 큰 정도였다.

그런 이유로 인간이나 인간에 준하는 지적 생명체가 살고는 있었지만, 오래전에 멸종을 했다는 추측이 학계의 일반적인 가설이었다.

학자들은 뉴 어스의 원주민들이 인간과 비슷한 생김새를 가지고 있으며, 대략 2m에서 2.5m 내외의 신장을 가지고 있었을 것이라 예상했다.

이는 인간과 그리 차이가 많이 나지 않았다는 의미였다.

"그래서 내일은 에너지 측정기를 가지고 가 검사를 해보려고 하네."

"아, 그러면 되겠군요. 그런데 에너지 측정기를 가져가려면 사람이 좀 더 필요하겠는데요?"

"뭐, 그거야 일꾼들을 이용하면 되는 것 아닌가."

확실히 에너지 측정기는 운반하기 힘든 물건이긴 하지만, 대단히 중요한 역할을 수행할 수가 있었다.

뉴 어스의 유물인 아티팩트는 일반적인 방법으로는 구분이 쉽지 않았다.

그래서 개발된 것이 바로 에너지 측정기인 것이다.

뉴 어스의 물건들 중 아티팩트라 밝혀진 물건들은 독특한 에너지 패턴을 가지고 있었다.

이는 아티팩트를 연구하던 학자 중 한 명이 여러 가지 연구를 하다가 우연히 발견한 것으로, 아티팩트의 생성 물질과 연대를 알아내기 위해 방사성 원소 측정기로 조사를 하던 중 특이한 반응을 접하면서 알게 된 현상이었다.

본래 연구하던 아티팩트의 생성 물질이나 연대를 밝혀내는 데는 실패했지만, 어떤 특별한 에너지 파장이 아티팩트 안에서 발산된다는 사실을 밝혀낸 것이다.

학자는 시간이 지나 에너지 파장이 사라지면 아티팩트로서의 기능이 정지한다는 사실도 함께 알아냈다.

그는 자신이 발견한 법칙을 이용해 뉴 어스에서 출토되는 유물 중 아티팩트로서 가치가 있는 것들을 가려낼 수 있는 에너지 측정기를 만들어 엄청난 부를 축적하였다.

여기저기서 에너지 측정기에 대한 연구가 이루어진 것은 당연한 일이었고.

하지만 개량에 개량을 거듭했지만, 아직도 에너지 측정기는 상당한 무게를 가지고 있었다.

최소 100kg이 넘는 터라 휴대가 쉽지 않다는 단점이 있었다.

하지만 윤문수는 어차피 일꾼들에게 옮기라 하면 되는 문제라며 간단하게 생각했다.

그는 에너지 측정기를 던전 지하의 거대 창고로 가져가 타이탄의 에너지 보유 여부를 측정할 생각이었다.

이미 구조적으로는 타이탄이 인간이 탑승하여 구동을 하던 병기라는 것을 밝혀냈다.

비록 시간 여유가 별로 없어 많은 것은 밝혀낼 수는 없었지만, 그것만큼은 확실했다.

만일 타이탄에 에너지가 아직 남아 있고 구동 원리만 밝혀낼 수 있다면 당장 이용할 수도 있겠다는 생각이 들었다.

한편, 윤문수가 열심히 자랑을 늘어놓는 동안 박용식은 다른 생각을 하고 있었다.

'생각보다 던전의 가치가 너무 높아. 게다가 이번에 윤문수 박사가 발견한, 타이탄이라 이름 붙인 것은 아직까지 발표된 적이 없던 물건이야. 역시… 이대로는 안 되겠어.'

클랜 상부의 더러운 음모를 알고 있는 그로서는 고민이 되지 않을 수가 없었다.

'어휴, 이런 땐 통신이 되지 않는다는 것이 정말 불편하단 말이야.'

뉴 어스에선 어떤 이유에서인지 장거리 통신이 되지 않았다.

때문에 멀리 사냥을 나갔다가 사고를 당해도 구조 요청을 할 수가 없었다.

그래서 뉴 어스에서는 항상 베이스캠프가 꾸려진 헌터 관리 사무소에 사냥을 떠나기 전 미리 계획한 일정을 신고하고 사냥을 나가곤 했다.

그러다 신고한 일자에 돌아오지 않은 채 일정 시간이 지나면 사망 처리를 하는 것이 일반적인 경우였다.

여기서 말하는 일정 시간이란 것은 대개 일주일을 기준으로 삼았다.

일주일이 지나도 헌터 협회에서는 일절 구조대를 보내지 않는다.

베이스캠프 밖에는 어떤 위험 요소가 있을지 아무도 모르는데, 덜컥 구조대를 보내봤자 의미가 없기 때문이다.

오히려 괜한 구조대까지 희생될 위험이 더 컸다.

그런 의미에서 헌터의 생명은 자신 스스로가 책임을 져야 했다.

물론 베이스캠프 가까운 곳에서 사고가 발생해 구조 요청을 받으면 구조대가 출동을 할 수도 있겠지만, 지금 같은 상황에서는 어림도 없는 일이었다.

베이스캠프인 뉴 서울에서 이곳 흰머리산 캠프까지는 열흘 거리.

그 말인즉, 이곳에서 불미스런 사고가 나더라도 협회에선 어떤 도움도 줄 수 없다는 소리였다.

그랬기에 노태 클랜 상층부에서 발굴된 아티팩트를 숨기기 위해 일꾼들을 사고사로 위장하려는 계획도 세운 것이고.

그런데 지금 누구도 생각지 못한, 그야말로 엄청난 물건을 탐사대가 발견한 탓에 일이 심각하게 어긋나 버리고 말았다.

이제는 단순히 아티팩트 몇 개를 빼돌리는 게 문제가 아니었다.

만약 윤문수 박사가 발견한 타이탄이 정부나 다른 헌터 클랜, 또는 헌터 협회에 알려지기라도 한다면 일이 어떻게 굴러가게 될지 장담할 수 없었다.

아니, 노태 클랜의 문제가 아니었다.

자칫 잘못하다가는 노태 그룹이 공중분해될 수도 있는 문제였다.

박용식은 한참을 고민했다.

자신이 감당할 수 있는 범위를 훌쩍 넘어선 일이었기에 머리가 아파왔다.

그렇다고 옆에 앉아 있는 하정수 팀장과 의논을 할 수 있는 문제도 아니다.

비록 하정수가 노태 클랜에 소속되어 있기는 하지만, 이번 음모에 대해서는 전혀 알지 못했다.

사실 하정수 팀장은 노태 클랜에서 외부에 보여주기 위한 얼굴마담 역할의 인물이라 할 수 있었다.

본인은 잘 모르겠지만, 그의 인지도와 성실성이 헌터들에게 지지를 받고 있어 대외적 홍보 효과로 끌어들인 인물인 것이다.

당연히 이런 일에 끌어들여 봐야 좋을 것이 없었다.

하지만 박용식은 달랐다.

그는 클랜의 어두운 부분을 담당하는 존재였다.

그러했기에 클랜 안에서 갖고 있는 권한도 달랐다.

표면적으로 같은 팀장이지만, 알게 모르게 박용식의 영향력이 훨씬 컸다.

'아무래도 저자도 같이 처리해야 할 것 같군.'

박용식은 한창 흥분해 떠들고 있는 윤문수를 보며 차가운 눈빛으로 그의 생사를 결정했다.

"아까도 말했지만, 내일은 조금 더 많은 인원을 데리고 던전 안으로 들어가 봐야 할 것 같네. 그러니 하 팀장은 헌터들을 몇 명 더 뽑아주고, 박용식 팀장은 저기 캠프 안에 있는 싱크홀에 대해 조사 좀 해줘야겠네."

"네? 싱크홀이요? 싱크홀은 왜……."

박용식은 윤문수의 지시가 선뜻 이해가 가지 않았다.

그러자 윤문수는 별거 아니란 듯 대답을 하였다.

"그게… 아무래도 싱크홀이 생긴 구역이 오늘 발견한 타이탄이 있던 방과 비슷한 위치인 듯해서… 그러니 싱크홀을 이용하면 타이탄을 쉽게 빼낼 수도 있을 것 같아서 하는 소리네."

"아!"

박용식은 윤문수의 말을 듣고 눈이 번쩍 뜨였다.

그도 그럴 것이, 사실 10m에 이르는 거대한 쇳덩이를 밖으로 꺼내기란 여간 힘든 일이 아닐 터였다.

더욱이 그것이 있는 위치는 지하 수십 미터, 아니. 어쩌면 수백 미터가 넘을지도 모르니…….

당연히 현재로서는 그림의 떡과 같은 것이라 생각했는데, 윤문수의 이야기를 들어보니 꼭 그렇지만도 아니었다.

무언가 사태 해결의 실마리를 발견한 듯한 기분에 박용식의 머릿속으로는 사악한 계획이 하나씩 떠올랐다.

우선은 던전 탐사에 동원된 사람들을 모두 제거해야 하리라.

옛부터 두 사람 이상이 아는 이야기는 비밀이 아니라고 했다.

비밀이란 혼자서만 알고 있는 것이 가장 좋았다.

〈『헌팅 프론티어』 제2권에서 계속〉

1판 1쇄 찍음 2016년 4월 25일
1판 1쇄 펴냄 2016년 5월 2일

지은이 | 정사부
펴낸이 | 정 필
펴낸곳 | 도서출판 **뿔미디어**

기획 · 편집 | 문정흠 · 한관희

출판등록 | 2002년 9월 11일 (제1081-1-132호)
주소 | 경기도 부천시 원미구 소향로 17번길(두성프라자) 303호 (우) 14544
전화 | 032)651-6513 / 팩스 032)651-6094
E-mail | bbulmedia@hanmail.net
홈페이지 | http://bbulmedia.com

값 8,000원

ISBN 979-11-315-7113-2 04810
ISBN 979-11-315-7112-5 04810 (세트)

www.bbulmedia.com